文春文庫

ギフテッド／グレイスレス

鈴木涼美

文藝春秋

目次

ギフテッド／グレイスレス

ギフテッド

歓楽街とコリアンタウンを隔てる道路に面した建物の裏手に回り、駐車場の奥にある重たい扉を開けて、その扉のすぐ横の内階段を三階まで登る。階段を登り切ると再び廊下に続く重たい扉があり、そこに体重をかけて一定以上の幅まで開いたときに鳴る金属の軋《きし》むような音を必ず鳴らして、ゆっくり閉まりきる前に、今度は自分の部屋のドアの錠に鍵を差し込み左側に回して鍵の開く音を聞く。夜ごと、この二つの音を聞いて帰ってくる。その、扉の蝶番《ちょうつがい》が軋んで鳴る音と、古いピンシリンダーキーの回転の途中で鳴る音の間隔が、長すぎても短すぎても安心感がない。重い荷物を一度床に置いたり、うっかり鍵を落としたりするとリズムが狂う。

夏に色々と失いすぎたせいか、秋が本格的に深まる少し前に私の部屋に越して来たいという母の要望を気軽に受け入れた。母の胃に巣食う病はいよいよ生命の維持すら困難な段階まで進み、死に場所を探しているようだった。

あと一編だけ、詩をかき上げたいの、と電話越しに母は言った。

「病院のベッドの上ではそれが無理なの。わかるでしょう」

わかるでしょう、に込められた特権的な意識を嗅ぎ取っても、私にはもう怒りも苛立ちもなかった。歓楽街の周縁にある部屋を、凡庸な病室よりは勝ると感じる母が、その感覚のまま死んでいくことを思うと、哀れにすら感じた。母はついに、彼女が望むような崇高な成功はおさめなかった。薄い詩集を何冊か出版し、その美しい顔でいくつか雑誌のインタビューに取り上げられ、地方局の朝の番組で一度、英国の詩人の詩を日本語で朗読した。それだけだった。

母が病院から直接私の部屋に移り住んだのは、その電話からたったの二日後で、もっと早く言ってくれたら私は自分の用事を済ませて、必要なものを用意できたのに、という気持ちと、母は私が彼女の居候を拒絶しないだろうと確信していたのだという安堵《あんど》の気持ちは、ちょうど半分くらいだった。タクシーで到着した母は、ぶかぶかのスラックスと長袖のTシャツに辛うじてジャケットを羽織っていた。入院した日に羽織っていたのであろうその紺色のジャケットが、すでに身体を締め付けない寝巻きでしか暮らせなくなった彼女にとって、唯一かつての生活を匂わせるものだった。病院に持ち込んでいた鞄は二つだけで、母がもともと住んでいたところから他に何か必要なものを取ってこようか、と聞くと、その必要はないという。鞄の一つには二組の寝巻きと歯ブラシや櫛が詰められていたが、もう一つは私の記憶にもある母の鞄で、その中身は確認しないでもわかる。

母と同じ部屋に寝起きしていたのは八年近く前、ニューヨークでテロリストの乗った飛行機が高層ビルに勢いよく突っ込んだ頃までだが、私が十代だった二、三年を除いて、連絡を全くとっていなかった訳ではない。母の病が思いの外深刻だと気づいてからは、むしろ結構頻繁に連絡もしたし、病院や外で会うこともあった。それでも、もうずっと長いこと会わずに放置してしまった気になるのは、おそらく母が会うたびに痩せて、髪の毛も薄くなっていったからだ。若い頃は、艶《つや》があって真っ黒な髪を乳房が隠れるほど伸ばしていた。結んだりパーマをかけたりするには量が多すぎるのだと言って、少し茶色味がかった私の癖毛とは対照的に真っ直ぐ主張する黒髪を、夏でも常に垂らしていた。かき上げた前髪のバランスが悪くなると、私が通う近所の美容院とは違うサロンに行き、さらに艶を出して帰ってきた。

昨年の春頃には生き延びるつもりだと言っていた母に、そのような気概はもうないようだった。結局、仕事道具の入った鞄を開けてペンを取ることもなく、たかだか九日間私の部屋に寝泊まりしただけで、呼吸困難になって病院に戻った。半年、少なくとも数ヶ月同居するのでないのなら、毎日少しでも食べられそうなものを作って、ゆっくりお風呂に入れたり、興味がありそうな話題をたとえほとんど聞いていなくとも話しかけたりすればよかったと今思う。せめて、病院の就寝時間と同じ時刻に薬を飲んで寝る母を置いて出かけなければよかった。一緒に寝たのは、彼女が越してきた最初の夜だけだった。二日しか猶予《ゆうよ》がなかったのだから仕方ない、と母は思っているようだったけれど、実際は私が仕事で出かけている時間はほんの少しだった。

夜になって、私が出かけようとしているのを察知すると、母は薬を飲むのをわざと躊躇《ためら》ったり、新聞を広げて何か無理やり捻り出した質問をしてきたりして、私を引き止めているのがわかった。行かないで、ここにいて、一緒にいようなんていう言葉は言わなかった。新聞のラテ欄を私に見せながら「何か今日寝る前に気が紛れるようなテレビないかな」とテレビのリモコンを押し付けてきた。母の腕は、しなやかで細く健康だった時に比べて数倍毛深く、皮膚があまり、人差し指から薬指までの私の指三本よりも細くなっていた。粉を吹くほど乾燥したその皮膚に、薬局で買った安い保湿クリームを塗ってあげると、少し血色がよくなり、再び「何か面白そうな番組一緒に探して」なんて言ってくる。テレビを見る習慣などほとんどなかったくせに、必死に私とたわいもない会話をしようとしてくる彼女の様子は、早く外に出なければ、と余計に私を焦らせた。

　なるべく直前まで着替えず、出かける時も、いかにも夜の盛場に出かけるような服装を避けた。普段は一時間かける化粧も肌に粉をはたくところまでで止めて、あとは外に出てから仕上げるようにしていた。引き止められる時間を短くするための地味な装いは、どうしてか母の好みに合ったようだ。一度だけ、「今日の感じ、かわいい」と言われた。デニムの上にベージュのカーディガンを羽織っただけの格好だった。母に服装や容姿を褒められるのは初めてだった。でも結局、私はなるべく早く薬を飲ませるようにした上で、私といようとする母の問いかけを器用に掻《か》い潜《くぐ》って毎晩外へ出た。寝落ちしかけた母を置いて出る時、外からかける鍵の閉まる音が恨めしかった。

威張っているとかお高くとまっているというようなある種の単純さがあれば、母はもう少し生きやすかったのかもしれない。身長は高くなかったが、腰の位置が高く、鼻筋が通って瞳が縦に大きかった。夏の強い日差しに当たると赤く火照《ほて》る白い肌の母は、海やプールには出かけなかった。自分が美しいことをよく知っていて、その恩恵を受けてはいたが、美人などという言葉を使う世間を軽蔑もしていた。そういった性質は創作に関しても表れることがあって、母の詩を褒める一部の人間たちは、彼女の本来かけられたい言葉をかけてはいないようだった。その複雑な自尊心が表面的な気難しさのように受け止められたのも仕方のないことだと思う。短期間親しくしている人がいても、しばらくすると名前も姿も見かけなくなった。母の友人、と言われて思い浮かぶ名前は、私がすでに何年も耳にしていないものばかりだ。そのような生活が側から見てあまり孤独にも惨めにも思えないことこそ、母の姿形の最も大きな恩恵だったのかもしれない。だからこそ、痩せこけて身体は毛深く、頭髪は薄くなった姿を、私は直視しないようにしていた。

九日目の昼、私は温かい出汁をかけた麵に、九条ネギと明太子を添えて母に出した。朝まで出かけていたので、眠たかったし、何なら食べられるかという質問にいつまでも答えない母に痺れを切らせて夏の初めに買って残ったそうめんを使って勝手に作った。そうめんや鍋くらいは置いてある生活をしているが、九条ネギや明太子は母の滞在が始まってから買いにいったものだ。小さな赤いお椀を、布団の横に出した低いテーブルに置いたまま一口食べて、母はおいしいと言った。三、四回ほど口に運んで、箸を置いた。もともと少ししか入っていなかった麵は、減ったのがわからないくらい残っていた。

「こんなにおいしいものでも、もう食べられなくなった」

布団に座ったまま、量販店の安いテーブル越しに申し訳なさそうにする姿は、最期の日々、なんていう言葉からあまりにかけ離れている。使用感のある、柔らかい生地の長袖のパジャマの下には下着すら付けていない。病院の売店のものだろうか。病気で服を買いに行く元気がないからとはいえ、黄色い花柄のパジャマを母が選ぶのは不自然だ。もしかしたら、お見舞いにきた知り合いに頼んで用意してもらったものかもしれないが、少なくとも私は母の病室に誰かが訪ねてきたのをほとんど見たことがない。彼女が何度も詩の中に立ち上がらせた死や弔いのイメージをいくつか思い出して、私の胃も重くなった。

「いいよ、別に。無理して食べないで」

冷たくしたかったわけではなくとも、私の言葉は不必要に冷たく響く。黄ばんだレースのカーテン越しに差し込む光は夏のようで、カーペットの床が音を立てて焼けそうに見えた。薄汚いクッションに座っているのが耐えられなくなって、自分の分を取り分けたどんぶりはそのまま、早々と母の食器を片付けるために立って、同じ部屋の中にある流し台の方を向いた。たった二つしかない部屋の片方にはベッドと服やバッグを詰め込んでいて、私はその部屋に母を入れなかった。流し台があり、洗面所に繋がるドアがあり、トイレのドアがあり、玄関扉に対して剝《む》き出しになった広い部屋の方で、母との生活の全てを完結させたかった。今の母に、ブランドもののバッグやドレスを悪趣味だと評する体力がないのはわかっていたが、それでも見せたくなかった。

「ごめんね」と母が言った。私の言葉も振る舞いも、怒っているようにも冷たいようにも呆れたようにも見えたのだと思う。母が食べられないことで私が謝られるのはおかしい。それでも、私は謝られたかった。何についてでもいいから、母に謝られたかった。顔を見られたくなくて、そのまま流し台で母の残したそうめんを捨てて、母の使った食器を洗っていると、ゆっくり、ふらふらしながら母が近づいて来るのがわかった。その気配を感じながらも、流し台の正面のすりガラスの窓に映った人かげに、現実味がなかった。母は辛うじてトイレだけは自分で行っていたが、歯磨きや洗顔すら、洗面器と水を私が運んで布団の上で済ませていたのだ。

すぐ後ろに来て、母は再び「ごめんね」と言い、私の腕の後ろ側を、刺青の上からさすった。私は振り向かずにほとんど汚れてすらいないお椀をスポンジで擦《こす》り続けた。母が来るまで滅多に使わなかったスポンジはほとんど真新しいままそこにあったが、たった一週間でそれなりに黄ばみ、片側が毛羽立っていた。私の住む街は、夜がうるさいかわりに、昼間は人の声が聞こえることはあまりない。広い道路を渡ったコリアンタウンは昼間も人通りがあるが、通りのこちら側が活気付くのは夏でも完全に陽が落ちるような時間からだ。やたらとエンジン音の煩《うるさ》い車が近づいてくる音だけが聞こえ、やがてわざとらしく遠ざかっていった。刺青のあたりが母の手の下で疼《うず》いた。

花柄のパジャマを着た母は私の背中にぎりぎり触れないところまで身体を近づけ、「あなたに教えてあげられることがもっとあった気がするわ」と言った。手や腕を動かしたら、異常なほど痩せた母を吹き飛ばしてしまいそうで、私は黄色いスポンジをそのまま下に置いて、しばらく泡だらけのお椀を左手に握っていた。弱めに捻った蛇口からだらだらと流れだす水が、銀色の古いシンクを打って嫌な音を立てる。

「時間がなくなっちゃった。もう本当に。教えてあげなくちゃいけないことがたくさんある気がするのに」

私は鼻から返事のような音を出して、数秒そのまま止まっていたが、ゆっくり手を動かしてお椀を蛇口の下に潜らせ洗剤を流した。母の身体から私がまろび出て、二十五年以上の時間があったのに、そしてそのうち十七年間は二人きりで同じ部屋に暮らしたのに、まるで何かを伝えるのに十分な時間を与えられなかったような母の物言いは、黄色い花柄の中から発せられるとより一層癪《しゃく》に障った。けれど確かに、私の身体が完全に私の管理下に置かれるまでは、母は私に言葉で何かを説明する必要を感じていなかったのかもしれないと思う。母は結婚したことがない。母の皮膚の内側から外側に出た後も、少なくとも私が自分で食べ物を摑めるようになるまで、私の身体は全て彼女ひとりのものだった。

立っているのに疲れたのか、いつの間にか元いた布団の方にゆっくり戻っていく気配を感じて、私はようやく彼女の方を向いた。トイレに立ったり食事をしたりするのに便利だろうと、部屋の中央に敷いた布団の上には相変わらず暑苦しい日光が薄汚れたレースのカーテンから染み出していて、悪趣味なパジャマでよろよろと歩いていく母を待ち受けていた。母といれば、常に私の方が異物だった。同じ部屋の中なのに共用廊下に向かってすりガラスの窓があるだけのキッチンは、昼間でも電気をつけないと仄暗い。私は暗がりからパジャマ越しでも骨の位置がわかるほど痩せこけた母の背中を見送った。

触られた二の腕に母の手の温度が残っていた。刺青の下の皮膚には、赤と白に変色した火傷の痕がある。今は弱々しく私の部屋の中を歩く、かつて美しかった髪を半分以上なくした女が、私の肌を焼いたのだ。

呼吸ができずにパニックになった母をタクシーに乗せて病院に送ったのはその日の夕方だ。あれから二週間、毎日ほぼ決まった時間に病院に通っている。事前に登録した家族は深夜や早朝でも出入りが許されるので、毎晩母が眠りにつくまで側にいることもできるが、病院から自分の住む場所に直接戻る気になれなくて、結局午前中と昼を病院で過ごし、午後のそれなりの時間には病院を出て、しばらく街で時間を潰した後、夜はやる気があれば飲み屋に出勤している。鍵の鳴る音が耳に残っているうちに身体をドアの内側に押し込んで、自分一人の部屋に戻ると、朝出かける前に急いで食べたパンの耳が低いテーブルの上に直接置いてあるのが目についた。記憶にはないけれど、それ以外の可能性がないから私が置いたに違いない。二週間も経てば忘れ物や髪の毛が見つかることもないので、私以外の誰かが寝泊まりしていた形跡はもうない。最初の三日、治療を終えた母が戻ることを想定してテーブルの横に敷いた布団をそのままにしていたが、三日目にもう戻ることはないのだろうと確信した。シーツを洗濯機に放り込んで、布団をビニールのケースに入れて、テーブルの位置を戻した。母のために出していたのは、この部屋に引っ越して生活がだいぶ整った頃に、友人が泊まりにくることもあろうかと思って買った簡易な布団セットだ。友人が使ったことが三回ほどあったが、二年近くケースに入れたままだった。

パンの耳をキッチンの端に置いてある蓋付きのゴミ箱に放り込んで、デニムのジャケットを脱いでハンガーにかけ、手を洗いに洗面所に入る。どこかの標準的な家族のイラストが描かれた容器のハンドソープがなくなりかけていることに、数日前から何度も気づいていたのに、また買い忘れた。24時間営業のドラッグストアにわざわざそれだけを買いに行く気はない。明日もどうせ昼までには病院に行くし、ポンプを押せば、あと一度か二度、石鹼液は辛うじて手の上に乗ると思う。せっかく病院や街に比べれば現実味のある部屋に帰ったのに、再び出かけたくない。手を濡らしてからポンプを押すと、思いのほか空気の混ざらないしっかりとした量が出てきたので、丁寧に手を洗って、朝にシャワーを浴びた時に使ったバスタオルで拭き、母の布団を敷いていた場所にある低いテーブルの前に座った。睡眠薬を飲もうかと一瞬思ったが、生理前なのか寝不足なのか飲んだ焼酎が胃にもたれていて、このまま眠れそうなのでやめておいた。

テーブルに、パチンコの端数の出玉でもらう景品を放り込むための紙の箱を先週から置いている。空き缶で代用していた灰皿も新調したので、机上の景観は夏から少し変わった。母が部屋にいる間は、なるべく建物の外へ出て、あるいはせめて換気扇の下でしかタバコを吸わないようにしていた。これを機にやめようと思って一日目に灰皿を捨てたが、三時間経たないうちにタバコ以外のことは考えられなくなった。母は病が発覚するより前にやめていたようだが、そういえばいつやめたのか、記憶にない。灰皿を引き寄せて、私は雑音を聞くためのテレビをつけ、靴下を履いた。古いビルの中にある部屋の空気は冷たい。二週間前まで夏のようだった日差しも、今は日が沈んだ後の部屋の床をそれなりの温度に保っておくことすらしない。テレビから聞き覚えのある芸人の声が聞こえてきて、その大袈裟で思わせぶりな盛り上げが心地よいので、チャンネルをそのままにしてカーペットの上に溜まった洗濯物の上に身体を預けた。コードを目一杯伸ばしたヒーターの電源を入れたいけれど、目一杯伸ばしてもテーブルのところまでは届かないそれは、一度立ってキッチンの方面へ数歩は歩かないと触ることができない。ジャケットを脱いでしまって薄着なので、仕方なく下に敷いた洗濯物の中から暖かそうなものを引っ張り出して身体に巻きつけた。飲み屋で吸いすぎて喉が痛かったけど、構わず横たわったままお尻のポケットに入ったタバコを出して、口に咥《くわ》えたものの、ライターをどこかに置いてきてしまった。一日持ち歩いていた革のバッグの中を探るが、見当たらない。

今日家を出てから何を食べたか、順に思い出そうとするが、大通りに出てすぐ道の向かいにあるコーヒースタンドで買ったコーヒー以外はまるで覚えていない。お酒を飲むと、酔っている間は酔う前のことは思い出せない。酔いが醒めると酔っていた間のことが思い出せない。最近に限ったことではなく、十七で家を出て、酒を飲むことが仕事になってから、長らくそうだ。一日の半分を曖昧な記憶で過ごし、もう半分をほとんど消えていく記憶の中で過ごしている。現実ではない、妄想なのか幻覚なのかよくわからない記憶が頭をもたげることもあるが、妄想であってほしいと思うことだけは必ず現実で、私は常に小さく絶望している。ただ多分、午前1時頃、去年ホステスを辞めた十歳くらい年上の知人が歓楽街の端に開いた音響の悪いカラオケバーで、中華料理屋の出前を頼んだ記憶は本物なのだと思う。キャバクラやラブホテルなどあらゆるところで一皿から出前を頼めるその店の、唯一美味しいメニューであるゴーヤの炒め物を頼んだはずだ。

このまま眠ってしまえばいいのかもしれない。レースのカーテンと二重で取り付けてある味気ない遮光カーテンはもう数日開けていないし、携帯電話はテーブルの上の充電器に繋いだし、隣に一つだけある、より薄ら寒い部屋のベッドに移動する気力が湧かない。昨日も同じ洗濯物の上で眠った。テーブルの上に置いた、アメリカ人の書いた訳のわからない探偵小説のような文庫本は、訳者による後書きだけ読んだまま、中途半端なところに長らく栞を挟んでいる。床にひっぱりおろして栞のところを開くと、アルコール依存性譫妄《せんもう》症という言葉が目につき、余計に眠気が強まった。携帯が一瞬光を放ち、一秒に満たない振動で安いテーブルが妙な音を立てた。横たわった自分に見える角度までそれを持ち上げると、友人からのメッセージの受信を告げる通知が出ている。嫌な予感がしたので頭を縦にしたら、胃の内容物が逆流しそうな不快感に襲われた。

携帯の充電コードを引っ張るようにして下に落とし、通知にあったメッセージを開く。「葬式」という単語が不躾《ぶしつけ》に目に飛び込んでくるが、これは死にゆく母の弔いの儀式を意味しない。猛暑の中で執り行われた侘《わび》しい葬式のことだ。夏に二人の友人を失った。一人はもう五年前に子供を産んで結婚もしていたのに、男と逃げて連絡がつかなくなった。中学で同じクラスだった友人で、この街の人とばかり遊んでいた私にしつこく連絡を取り続けてくれた子だ。私は、この街やこの部屋に出口のようなものがあるとしたら、彼女との細い絆のようなものかもしれないと思っていた。正確に言えば、彼女が消えてからそう思った。メールのやり取りは頻繁にしていたけど、実際に会う頻度は多くはなく、三回誘われたら、一回くらいまともに昼食を共にする、それくらいの仲だった。好きな人ができた、と一方的にメールを送ってきていた頃の彼女は明るかった。主婦の嗜《たしな》みとして軽やかにデートなどを楽しんでいるようだった。そんなもんかな、と思っていたし、彼女がだんだん思い悩んでいる様子で、恵比寿の占い師のところに通うようになった時も、そんなもんかも、と思っていた。彼女の恋が、占いが、男との逃走が、どれくらいありきたりでどれくらい稀なのかはわからない。でも、メールはある日返事がこなくなり、しばらくすると送信すらできなくなった。一度しか会った事がない彼女の旦那から電話がかかってきて、ただでさえ不可解に帰りが遅くなっていた彼女が、ある日、帰ってこなくなったと知った。子供は旦那と暮らしているようだった。行った先を聞かれたが、私も知らなかった。

そしてもう一人は、大阪の賃貸マンションから飛び降りてこの世を去った。葬式で晒された死体を確認したので、少なくともこちらの子が行った先はわかる。ことあるごとに死にたいと口にする女で、友人たちの間では単に機嫌が悪いとか、悲しいことがあったとか、会いたいとかと同義にその言葉を受け取る習慣ができていた。三年くらい前に一人の客が彼女を連れて私の働く店に飲みにきた頃から、彼女は生きているのが好きではないように見えた。

「エリ。君の名前と一文字違いだ」

私にその女を紹介した客は続けて「二人とも本名じゃないだろうけど」なんて言って笑ったが、私も彼女も本名で働いていた。その客は自分の気に入った女を集めて食事会をするような悪趣味を持ち合わせていた。当然、全員がその客とお金を介してセックスしているので、多い時には五、六人いた女の中にはその会合の最中でも客に色目を使い、全員が同じ立場ではないのだと証明しようとしてくる女もいる。誰に証明したいのかは謎で、おそらくは自分にしたいのだと思う。だけれどもそんな性格の女にとっては残念なことに、私たちは全員が一ミリの差もなく同じ立場だった。世の中には価値の高い人間と価値の低い人間がいるのだけれど、そこに集った私たちは全く同じだけの、おそらく世の中的には低い価値しかなかった。そして死んだ彼女はそのことに不満はないようで、私ともう一人の女を含めた三人はその点で意気投合し、客との縁が切れてからもなんとなく連絡を取り合っていた。

携帯にメッセージを送ってきたのは、その三人のうちの生き残った一人で、風呂屋ばかりが並ぶ街で、暴利でセックスを売っている。顔の造形美を別としても、肌が白く、傷や刺青がなく、髪が暗い色で、バストがDカップ以上ないと勤められない高級な店だ。

――お葬式の時言ったお店、忘れてたけど、2つほど送るね。エリが前にいたのが上で、上の方が大きいけど、大きいだけにそれなりに悪評もある。ランクは3つに分かれてるみたい。下の方が客層も女の子のクオリティも高いだろうけど、電話がどれくらい鳴ってるかは正直、謎。

葬式があったのは死んだ女の地元で、都内ではあるものの恐ろしく行きづらい場所だった。電車に結構な時間ゆられた後にバスに乗る。駅前にタクシーがおらず、バスは小学校の遠足以来、おそらく初めて乗ったけど、電車と同じカードで乗れることが唯一の救いで、行きの道のりはその一つの救い以外の全てが不快だった。その不快のせいで、帰りのバスの中で友人にSMの店に興味があるような素振りを見せたのだ。私もほとんど忘れていたが、彼女も今の今まで忘れていたのだろう。高級風呂屋の理知的な女らしい簡潔なメッセージの末尾に二つウェブサイトのリンクがついている。

——あとでじっくり見る。エリはどのランクだったのかな。

充電器に繋いだままの携帯を仰向けになった顔の真上で片手で操作して送り返した。まずは、ありがとう、と打つべきだったと、送信ボタンを押したのとほぼ同時に思ったけど、画面は既に送信完了を示している。感謝していない証拠だ。

十分な長さのない充電コードを繋いだまま携帯を持ち上げているので、二の腕の外側が鈍く痛い。飲み屋も人によって給料は全く違うが、最初の数ヶ月以外は基本的に売上と出勤頻度で時給が算出されるので、裸になって稼ぐ店のランクがどのように決まるのかはよく知らない。エリが職場でいかほどの値段と見做《みな》されていたのか考えながら、痛む二の腕の外側を触った。火傷を全て覆うように、大ぶりの百合が二輪と蛇が一匹、背中にかけて描かれている。どうして百合なの、と聞かれるが、牡丹だとヤクザみたいだという以外に特に理由があったわけではない。子供の頃、母は安売りになっている切り花を買ったり、いくつかの植木鉢に水をやったりしていたが、百合が飾られていた記憶はない。

私は一度起き上がり、携帯をテーブルの上に置いて台所の方まで歩き、流し台の奥の、すりガラスの窓枠にいくつか放置してあるライターでタバコに火をつけた。さっき咥えたまましばらくライターを探していたので、唇に当たる部分が湿っている。自分の唾液も、一度皮膚の外に出ると不快で不潔なもののように思える。冷蔵庫を意味もなく開けて中途半端な銘柄しかない缶入りの酒だらけの中を見ていたら、テーブルの上の携帯が音を立てたので何も取らずにそちらに戻った。

——この店の顔面の水準はちょっとわかんないけど、低いランクじゃないかなぁ。傷だけじゃなくて、ちょっと嫌な痩せ方してたし、入れ歯だし、暗いしね。でもSMって、金銭的な理由以外でも低いランクの女の子呼ぶ人もいるらしいよ。

——そういえば入れ歯だったね。SMは医者とか弁護士の客が多いって聞いたけど。あの客も、お金は持ってたよね。

続け様にメッセージを送り合いながら、入れ歯は焼いたらどうなるのかなんて一瞬思ったが、そもそも元から生えている歯が火葬の後にどうなっているかも知らない。

三人で時々会うようになってすぐ、知人のバーで朝の4時半まで飲んだことがあった。エリは特別酒に弱いわけではなかったけど、体調が悪かったのか単に飲みすぎか、最後にトイレで盛大に吐いていた。トイレがカウンター席の背にある小さなバーで、途中からは貸切のような状態だったので、えずく声も嘔吐物が便器に当たって水に落ちる音もよく聞こえた。別に誰も心配していなかったが、吐き気が治ったらしいタイミングで中から「ごめん、お願い」というような声がして、大声で「どうしたの？」と聞くとドアが開いた。「落ちちゃった」と言って横に広げた彼女の口元は、明らかにあるべきものがなく、奥の暗闇が覗き込めるようだった。上の前歯が見事にずらっと四本、あるいはもっとなかった。あるべきものがない人はこの街にはいくらでもいるが、さすがにその光景は意外だったので、バーカウンターの中にいる知人も含めた全員が、明け方の壊れたテンションのまま、笑いが止まらなかった。結局、バーを仕切る知人が割り箸で拾って救済したのだったと思う。

その頃のエリは都内のSM系の出張風俗に週に四日は出勤していたし、比較的明るかった。私の住む部屋からそう遠くない、どちらかといえばゲイタウンに近い通りに一人で小型犬と住んでいた。狭い上に無駄にモノが多く、やや犬臭いその部屋に、風呂屋の友人と二人で遊びに行ったこともある。飲み屋の仕事明けで、一番遅く到着した私はゲイタウン中央のコンビニで氷結と淡麗と水を持てるだけ買ってから行ったし、先に飲みはじめていた風呂屋の女も乾き物や安い焼酎を買い込んで行ったのだろうが、結局朝までに二度も買い足しに行った。二度目の買い出しの際に、コンビニに入る前にゲイタウンの路上でタバコを吸っていたら、もう空が白んでいた。

そうか、エリはタバコを吸わなかったのか、と思い出した。エリの家で飲んだのが一度きりなのはそのせいだ。風呂屋の女が男と住んでいた部屋には何度か行った。歓楽街を東に抜けたところにある、その広いマンションではタバコが吸えた。今、彼女は同じ部屋に一人で住んでいる。

——エリの家の犬ってどうなったの?

タバコを二本吸っても、メッセージの応酬のやめどきがわからなくて、私は大して興味のない小型犬について聞いた。

――そもそも、地方に出稼ぎ行くようになってからは飼ってなかったはずだよ。友達に貰ってもらったのでは？

――犬貰ってくれるような友達いたのかな。犬死んだんじゃない？　犬が死んだから保証のつく出稼ぎするようになったとかだったかも。

――思い出した。あのホストが飼ってるはずだよ。

私より一つ年上だったエリはおそらく十代の頃から、あの恐ろしく交通の便が悪い都内の地元を出てこの街周辺に住んだり働いたりしていたが、一年ほど前から都内の店には出勤せずに、十日間、二週間など一定期間の勤務で日当の給料保証が出る出稼ぎに行くようになっていた。最初のうちは帰ってくるたびに連絡が来ていたが、そのうちあまり来なくなった。稀に出稼ぎ先から死にたいとか死にますとかいうメールを送ってきても、私たちはあまりにその言葉に慣れすぎていた。最後の二ヶ月ほどは、一度出稼ぎに行った大阪で、気に入ってもらえたデリヘルにそのままレギュラーで出勤するために週極《ぎめ》の部屋を借りていたようだった。こちらの家を引き払ったわけではないので、二部屋の家賃を払えるくらいは働いていたのだ。

私はエリが相談役と呼んでいたホストを知っていた。多分肉体関係はなくて、エリも別に男として好きなわけではないと言っていた。定期的に店に会いに行っていたけれど、私が知る限りは適当な缶物の酒代とセット料金と指名料を支払って、愚痴を聞かせるだけの、常識的な通い方だった。そんな遊び方を誰もが一度は経験するこの街の女にしては、慎ましいくらいだった。

——あのホストに、別にお金つぎ込んでなかったよね。なんで出稼ぎにシフトしたんだろう。こっちにいた時の方が元気だったよね。

——つぎ込んでる相手は他にいたよ。ずっと同じじゃなくて、時々ハマって、ちょっと経つとまた別のヤツに変わってんの。でも出稼ぎに変えた理由は知らない。こっちの店で客つけてもらえなくなったとかかもしれないし、この辺りに気まずい人ができたからかもしれない。でも最近、そういう稼ぎ方する子がちょこちょこ増えてるって話聞くから、単にスカウトに勧められたのかも。

——こっちにいたとして、あの日みたいに今から死ぬって連絡きてたら、うちら止めに行ってたかな。

――だからさ、それはもうわかんないよ、でも今までもそんなメール来て、電話したことくらいはあったし、飲み行く？　とか聞いたこともあったけど、本気にしたことなかったよ、私は。だってあの子も本気じゃなかったもん。死にたいなんて言ってくるヤツ、客でも女でも腐るほどいるしさ。その中のほんの数パーセントとか、もっと少ない、宝くじ当たるくらいの割合が本当に死んじゃうんだとしても見分けつくわけがない。そもそも、あのメール自体が、打ち込んでる時に本気だったかどうかもわかんないと私は思ってる。

風呂屋の女は、私が何度も何度もこの話題を持ち出していじけているような言い方をした上に、何度も繰り返してきたかのように研ぎ澄まされた長い文章を送ってきたけど、具体的にエリが死んだ日に送られてきたメールについてやりとりするのは初めてだ。私は何も、もっとできることがあったのでは、なんてことは思っていない。エリは生きていたくなかったのだろうし、彼女に生きるに値するような理由を見つけてあげるのは私の力の範疇を超えている。

中途半端に閉まったカーテンの後ろで、黒い空の一箇所が赤く点滅しているように見えたが、おそらくパトカーか救急車かせいぜいヘリコプターのランプであって、別に異常な事態ではない。

次の日も、その次の日も、週が明けた次の日も、私は扉の蝶番の軋んだ音と、鍵の回転で鳴る音を聞いて帰った。間隔は少なくとも私の耳には、正確なリズムに聞こえた。だから三階の扉を一度開けてから、いい加減ハンドソープと、買いそびれたタバコを買いに行かねばならないと思って引き返したあと、薬局と煙草屋にいる間中、落ち着かなかった。医者に、今日からどうしても無理な場合を除いて、母が起きている時間は病院で付き添うように言われたので、飲み屋を辞めることにした。

本来、店には少なくとも一ヶ月以上前に退職の連絡をしなければならないが、既に客にこまめに連絡することも無くなって、当日欠勤や遅刻が極端に多くなっていた私に、店のマネージャーが言った言葉は「意外と義理固いね」だった。なんの連絡もなく「飛ぶ」従業員が多い業界は、こういう時に助かる。店が始まる前に辞める旨を伝え、母の入院のことを言ったら、残りのなけなしの給料も、給料日まで待たずに渡してくれた。出勤した際には、一万円までなら日払いをしてもらえる。その時に記入するのと同じ伝票に名前を書きながら、マネージャーは母のことを信じていないのだろうと確信した。欠勤や遅刻の言い訳として、あまりに使い古されたその状況は、嘘であった方がむしろ真実味のある情報を添えられて提出される。例えば昨年の春に父の腸に癌が見つかって手術をして一旦は回復したのだけど再発して抗がん剤治療を続けており、今度は母が介護疲れで倒れてしまった、とか。現実としてのそれは、母が病で死にそうだ、という以外言いようがなく、真実味のある情報など皆無で、先ほど自分の口から出た説明を思い起こせば、やけに空々しい。ただ、信じられていようがいまいが、諦めていたお金を支払ってもらえるのはありがたかった。それなりに長くこの街にいて、それなりに多くのお客を持っていた私の時給は高く、たとえ欠勤や遅刻の罰金をどれだけ取られても、ひと月分まとめれば結構な金額なのだ。

たまたま知っている客がきてくれるというので早上がりの時間まで出勤した後に、ロッカーを整理した。店内用の小さなポーチやドレスや靴を持ち帰るために店にあった紙袋をもらったので、24時間営業の薬局で買ったハンドソープとタイツ、栄養ドリンクとつけまつげ用の糊をその紙袋に入れて、タバコはハンドバッグに入れて、私は再び三階まで階段を登った。紙袋はこの街にはない、上品な花屋のもので、ハンドバッグは昔、馬主でもあるどこかの経営者に、同伴の時に買ってもらったフェンディのものだ。なぜかフェンディ限定で好きなものを買ってくれると言ったその客は、胃に潰瘍ができたと言ってその直後から飲みには来なくなった。同じ街の別の店か、他の歓楽街のもっと高級な店に贔屓《ひいき》のホステスでもできたのだろうと思ったが、疑っているそぶりなど私は見せなかった。

願うようにドアに体重をかけると期待通りの音がしたので、私は既に手に持っている鍵を素早く錠に差し込んで回転させ、やはり期待通りの音を確かめた後に身体をドアの内側に滑り込ませる。色々詰め込みすぎて変形した紙袋がドアに引っかかりかけたが、素早く遠心力を使ってそれを避けた。鍵をフェンディに入れて、フェンディを紙袋に入れて、それを滑らせるように部屋の奥に投げて、ストラップのある靴から足を捻り出し、ハンドソープとつけまつげ用の糊を手に持って洗面台に向き合った。完全に空になった、家族のイラストのハンドソープを足元のビニール袋の中に落として、アライグマが描かれた新しいボトルのシールを剝がし、水を出してから何度もポンプを押す。四回目で明らかな手応えがあり、五回目で全力の量の泡が手の上に乗った。今朝シャワーを浴びていないので適当な使いかけのバスタオルが見つからず、手を振って水分を飛ばしてからつけまつげの糊をパッケージのまま、シンク下の棚に放り込んだ。店に出勤しないのであれば、次にいつつけまつげなんかするのだろう。おそらくあと五回分くらいは、前に買った糊が残っている。

湯船にお湯を溜めて浸かりたかったが、母が出て行ってから一度も使っていない湯船には明らかな汚れが、簡単になでて落ちない程度にこびりついていた。結局熱めのお湯が出るまでシャワーを勢いよく出して、そこで髪と身体を洗い、湯船は諦めることにした。先週、月が変わって、急に寒くなった。背中に熱いシャワーを受けながら、顔を濡らす前に化粧をオイルで落とし、オイルに塗《まみ》れた顔を上に向けて今度はシャワーの方に身体の正面を向ける。水に当たった瞬間に消えていきそうな顔のぬめりを忙しなく肩と二の腕の方に移して、刺青を隠すために貼っているテーピング用のテープをぬめりにまかせてめりめりと剝がした。肌に糊が残るのが嫌で、数年前に編み出したこの方法を、私は今日まで続けてきた。手首や脹脛《ふくらはぎ》から足首にかけて貼ったテープも剝がして、端に若干の埃《ほこり》や髪の毛のついた汚いテープを丸め、汚い湯船の縁に置いた。前回そのように置いたままにしていたテープが、水飛沫《しぶき》を浴びて、再び少しだけ生気を帯びている。残りの刺青は、ドレスで隠れる場所なのでテープを貼っていない。

店に刺青のあるキャストは何人もいて、一番範囲が広く背中一面に和彫のある子はショールなしで店に立つことはできなかったが、私や他の子はテーピングを器用に使ってそれを隠していた。テープを忘れた子がいると、私は大量に買い置きしてロッカーに入れたままにしていたものを貸した。毎日出勤していた頃は、テープは驚くほどすぐになくなる。今日ロッカーに残っていた新品の一巻きは、何度かテープを貸したことのある年下のキャストにあげてきた。

「私その、二の腕の後ろの、好きです」

髪が短く、ヘアメイク代を節約するためか、自分で適当に外ハネにセットしただけで出勤しているその若いキャストは、火傷の痕を塗りつぶすために本来の好みとは違う絵柄を彫った二の腕を軽く指差してそう言いながらテープを自分のロッカーに放り投げていた。彼女は手首の内側から腕の関節にかけて彼岸花の細長いタトゥーを入れていて、腕を巻くようにテープを貼っているので、タトゥーそのものの大きさに対して使用するテープの量が多い。

「私は、その花みたいに、細い線で描いたやつのがほんとは好きなの。でも、火傷の痕隠すために入れてるから」

彼岸花をほめられて、彼女はまんざらでもなさそうな顔をしていた。別に彼女が自分で彫ったわけでもデザインしたわけですらないだろうが、そのタトゥーが綺麗だと思ったのは事実で、背骨あたりに似たようなものを入れようかと一瞬思ったくらいだった。母に焼かれたのは二の腕と肩だけだ。痕はそのうち消えると思ったけど、むしろだんだん色が定着して、中心が白くなり、グロテスクなので、十八になってすぐに刺青で覆うことにした。その時にはもう母と暮らしてはいなかったが、後に会った時の母の反応から、私の刺青は彼女を嫌な気持ちにさせるわけではなかったようだ。

腰の真上のハスの花や、脹脛の羅針盤などそれ以外のものは全て、単に絵柄が気に入って、思いつきで足していった。店をやめたのだから、本当に彼岸花を新たに足してもいいのかもしれない。どっちにしろ、一つ入れてしまったら、あとはいくつ増えても、身体の価値は変わらない。

テープを剝がしたところに糊が残っていないか手で撫でて確認し、シャワーを止めると、一気に身体の芯が冷えていく。浴室のドアを開けて洗濯機の上の棚から洗濯済みのバスタオルを引っ張り出して素早く水気を拭った。まだ若干湿り気がある状態でオイルをすり込まないと、二の腕の裏は未だに痒みを伴って引き攣《つ》る。もう、火傷のせいなのか、刺青のせいなのかは区別がつかない。二の腕にじっくり塗ったあと、保湿のために全身にもベビーオイルを伸ばす。一連の流れるような動きはもう始めた日が思い出せないくらい長らく、シャワーを浴びるたびに自動機械のように繰り返してきたので、どれだけ別のことを考えていても、たとえ部屋が真っ暗でも、多分記憶を無くして廃人のようになっても、完璧にできる。ただ、熱いシャワーで火照った身体はすぐ冷えたのに、顔の火照りがなかなか引かないので、自分が思っているより酔っ払っていることに気づいた。酒の量は店に最後まで残って働いた時より、まして店の後にアフターや女同士のカラオケに寄った時より、ずっと少ない。私が酔い潰れるのは仕事でスパークリングやワインを飲んだ後に、ショットで飲むような酒や安い焼酎を朝まで休みなく飲んだ時くらいなので、久しぶりのホストクラブの匂いにあてられたのだと思う。

たまたま居合わせた客が帰ったあと、早上がりの時間の少し前にドレスを脱いでもともと穿いていたデニムに着替え、風呂屋の女がエリの犬をもらったと言っていたホストのいる店に一時間だけ飲みに行った。エリがこの街にいた頃に一度、付き合ってほしいと言われてついていったことがあったが、その時に一応連絡先を教えあった比較的若いホストの名前が思い出せず、結局、エリが指名していたホストを私も指名して入店した。エリと店に行った直後、頻《しき》りにメールや電話をくれていた若いホストに申し訳ないと思ったが、その日に場内指名や本指名をしたわけでもないし、単にエレベータの前まで送ってもらう男として彼を選んだだけだから、規則的には問題はない。そして席に座った瞬間、その若いホストが店内を歩く姿を見て名前を思い出したが、もうどうでもよかった。

「あ、エリの友達だ」

指名したホストは大股で歩いてきて、席の前に立つなり、そう言った。背が低くて、髪が短く、眼鏡をしているので、あまりホストとして人気があるようには見えないが、三十過ぎまでこの街の老舗にいるのだから、それなりに指名客はいるのだろう。

「お久しぶりです」

「お葬式行ったの？　あれ、オーダー来た？」

「お葬式は行ったよ、オーダーは来てない」

　卓上のメニューを渡され、指名のお礼を言われた。エリが指名していたホストに横に座られるのは抵抗があったが、彼は私が座っているL字型ソファの、花屋の紙袋とハンドバッグを置いた側に腰掛けたので、少し気が楽だった。初指名には焼酎の小さなボトルがつくというので、割り物用のジャスミン茶を注文して、吸いたくないタバコに自分で火をつけた。私は客のタバコに火をつけるのも、誰かに火をつけてもらうのも苦手だ。

「区役所の通り挟んですぐ奥だよね？　働いてる店。今日は仕事後？」

　ホストも自分のタバコに自分で火をつけて、テーブルに積み上がっていた灰皿から、私の前に二つ、自分の前に一つ取り出した。背が低い割に手が大きく、余計な指輪やブレスレットはつけておらず、爪が綺麗で、ホストにしては時計の趣味が良いと思った。アフターで男性客を伴ってホストが接客する店に行くことは稀にあるし、三年前くらいにはたまに顔を出していた馴染みの店があったが、久しぶりに一人で入るホストクラブは、目線をどこにやって良いのかわからず、テーブルの上ばかり見ていた。

「うん、今日やめてきた。よく覚えてるね」

「なんと。店移るの？　引っ越すとか。あ、結婚とかおめでた。店と喧嘩した。転職。資格取得。地元に引っ込む。お金貯まって海外移住。歌手としてソニーレコードからデビュー」

「実はぁ、母が病気でぇ、そばにいてあげたいんですぅ」

「それ今まで何回使った？　俺、この店入って八年だけど、おばあちゃん五回死んでるけど」

新人ホストなのか単なるスタッフなのかよくわからない冴えない男が持ってきたアイスペールとお茶で、焼酎のジャスミン茶割りを素早く作ったホストが、余計なことを聞かない、こちらの言いたいことだけ聞く、話題はそれなりに豊富で、不快感や危険な匂いのないホストなのはよくわかった。かといって男性的な魅力を感じる女はそうはいない気がして、エリが男として見ていないと言ったのもあながち嘘ではないのかもしれないと思った。閉店間際の店内は騒々しくて、マイクで何か叫んでいる若い女性客もおり、その後も無難な会話をいくつかしたが、間が開いても気まずくならないくらい騒々しい時には結構黙っていた。

音楽が鳴ったり、誰かがマイクを使って喋ったりすると一際うるさくなる店内で、時々必然的に、ホストとの距離は小さくなったが、激しい音が止むと、縮まった分は自然と元の位置に戻った。私にはその伸び縮みする距離感がちょうどよかった。ハンドバッグはそのままホストと私の間にあったが、紙袋はいつの間にかホストの向こう側に置かれていた。彼は時々席を立ったが、長く席をあけることはなかった。私はなるべく店内を見渡さないようにしてテーブルばかり見ていたし、客がホストに送られて帰っていったり、ラストオーダーが飛び交ったりする忙しない店内ではそもそも他に指名客がいるのかどうかはわからなかった。友人を失くしたばかりの私に気を遣ってくれていたのかもしれない。

「犬」

そう声に出した瞬間、別の席の派手なホストがカラオケに合わせて歌い出したので、私の横のホストの顔は耳をこちらに向けて再び近づいた。ピアスの穴が一つだけ見えたが、塞がっているのかピアスはしていなかった。複雑な文章を声にするにはあまりに煩くて、しかしこちらに向けられたホストの耳を無視するわけにもいかず、私は「エリの犬！」と一音一音はっきり、叫ぶのに近い大きな声で言った。はっきり聞こえたという合図のようにホストが目線を前に向けたまま大きく頷き、後ろを向くように今度は私の耳に顔を近づけ、私の肩ではなく、私の肩の後ろギリギリのところにあるソファの背もたれの縁に手を回して、「俺が預かったまま、飼ってるよ」と言った。腰の位置には薄いハンドバッグが置かれたままだったし、ほとんど私の身体には触れていなかったが、親指の外側が少しだけ二の腕の後ろに触れた。

がなるように歌っていた派手なホストの声が止み、カラオケが間奏に入ったのでホストは顔を元の位置に戻したが、ソファの背もたれにある腕は少し角度を変え、肘をくの字に曲げた状態でそのまま後ろに置いていた。二の腕からホストの手が離れていくにしたがって、火傷のある場所が疼いた。

「なんとなく、そうかな、と思って」

「あの犬、いいよ。なんか、明るいよ、性格が。エリとだいぶ違う」

私は笑った。エリの犬は一度しか見たことがなかったし、犬なんて飼ったことのない私に他との比較は無理だったが、確かに薄い舌を出し放しにしたままはぁはぁこちらに何か期待を向け続けるあの犬の性格は、明るいような気がした。エリとは少なくない時間を過ごして、言葉も通じて電話もしたけど、エリの記憶より、犬の記憶の方がカラフルなのは不思議だ。

「飼いたかった？　でももう俺の家に馴染んでるからあげられないな。見にくる？」

「飼いたかったわけじゃないよ、うちは建物自体飼えないの」

反射的に、見に行くかどうかの返事を避けたせいで、余計にその気軽で自然だった質問が重く意味を持った気がした。それでも三十を超えたベテランホストは、

「じゃあ、見にきたくなったら連絡くれたらいいよ、飲みたくなったらでもいいし」と言って携帯を開け閉めしながら番号交換の流れに回収してくれた。

「死にたくなったらでもいいけど、すぐ行けるとこ限定で頼むわ。大阪とかじゃなくて」

「せいぜい池袋くらい？」

「そうね、まぁでも山手線内くらいならいいよ」

「私、今から死ぬって連絡きたよ、ほんとに死んだ日も」

「ああ。でもほんとに全然死ななかった日にも来てただろ。致し方なしだ」

間奏が終わり、しばらく静かだった派手なホストがまたがなり出したので、都合よく私は何も言わないですんだ。そうだよね、とか、いやでも、とか、あなたのところにも来たのか、とか、どれも私の気分とは遠い気がして、黙っていたかった。ホストの方も、そのまま黙っていた。

派手なホストのカラオケが終わったタイミングで、支払ったお金のお釣りが来たので、私は躊躇なく席を立ち、バッグに続いてホストの向こう側にある紙袋を手に取ろうとしたが、先にホストがそれをもち、私のハンドバッグも取り上げられた。「ちょっとはお仕事ちょうだい。働いた気分になれるから」と言いながら、店の隅々まで目を行き渡らせて、誰ともバッティングさせずに私を店の外に誘導し、エレベータの中までついてきた。歩いて帰るつもりだったが、エレベータから道路に出るたった三段の階段で若干足が浮腫《むく》んでいることも、息切れしていることもわかったので、大人しくタクシーに乗ろうと決めて、家の方向を尋ねるホストに、「真っ直ぐ登って左曲がってすぐ」と答えた。最近特に厳しくなった街のあらゆる店舗の閉店時間には流石《さすが》にタクシーは取り合いになるが、店の下で慌ただしくうろうろしていた若いホストが、どこからかタクシーを引っ張ってきてくれた。ホストにお金を渡すのは変だから、1メーターで着いてしまう距離の、せめてお釣りは運転手に渡すことにして私は大人しくタクシーに乗った。屈んで車に乗り込む際に「気をつけて」と言われて軽く背中に手を置かれたのが、ホストがまともに私に触れた唯一の瞬間だったと思う。

歩かないためにタクシーに乗ったはずが、一旦三階まで階段を登った上に、結局薬局と煙草屋を回ったせいで、あのホストクラブから帰るのと同じ距離を歩いた気がして、鏡の前で化粧水で顔の火照りを抑えながら、後ろの床に倒れたくなった。部屋の気温が低いせいで、タオルを巻いた身体はすでに冷えきっている。洗濯物の山の中の服がいつの間にかやや季節外れになりつつある。どこにいても現実味がない。ホストクラブも母の病室も、私を取り巻く風景と自分との間に齟《そ》齬《ご》がある。自分の住む部屋も、私にとって現実味はないのだけど、扉と鍵の音がうまく鳴れば、少し安心感がある。

母の病室に通う以外、義務的な用事がなくなって一週間、時間は総じて早くなったが、私はやはり扉の音と鍵の音の微妙なリズムに支えられながら帰った。最初の二日、病院から部屋に直接帰ったら、身体が十分疲れていないせいか眠れなかったので、三日目からは直接帰らずにどこかしらに寄るようにしている。大抵は早い時間から開けているバーか、インターネットカジノがある歓楽街のマンションで時間を潰した。そして週が明けて、今日だけはどうしても、と思って病室からタクシーで直接自分の部屋のある建物の前まで帰ってきて、でもせめて何かを買って帰ろうと裏手に回りかけた足を一歩後ろに下げて回転したとき、タクシーの中から手に握りしめていた鍵をコンクリートの地面に落とした。

鍵を拾うためにしゃがみ込み、数秒座ったまま考えて思い直し、私はそのまま建物の裏手に回り、駐車場の奥にある重たい扉を開けて、その扉のすぐ横の内階段を一気に三階まで登った。普段は階段を駆け上がりはしない。息が上がるのが嫌だし、お酒を飲んでいると吐き気がするのだ。今日は朝から一滴も飲んでいない。錠剤も睡眠薬も何も飲んでいない。駆け上がった勢いのまま、三階の扉に体重をかけ、勢いよく開けると、やはり鈍く軋む音がした。ただ、勢いのついた私の身体は、いつものリズムの感覚を待たずに手に持っていた鍵を錠に差し込んで回し、明らかにテンポの狂った二つの音の中で、倒れ込むようにドアの内側に入った。鍵を後ろ手に閉めると、手に持っていた鍵をひとまず靴箱の上に置いて、ハンドバッグを靴を脱ぐためにしゃがみ込んだ足元に置いた。

病室に行くのに、大した荷物は必要ではない。小さめの、普段であれば口紅と携帯電話と財布と鍵くらいしかいれることがない、病院に持っていって差し支えない、ブランドロゴの目立たない革製のバッグは、注意しないと中のあらゆるものが溢れ出そうなほどパンパンだ。家を出るときには、母の顔を拭くための化粧品を紙袋に入れて、バッグの中には財布と携帯電話と鍵とごく小さな化粧直しのポーチだけ入れていた。大した化粧をしていなくても、化粧直しの準備が全くないと不安になる。

朝10時に病室に着くと、母はすでに起きていて、痛み止めの麻薬を飲んでいる者特有の、眼球にクエスチョンマークが浮かんできそうな目をして、ベッドの背もたれを三十度ほど立てて窓を見ていた。私は、紙袋からコットンと安い化粧水を出してベッド脇の冷蔵庫の上に置き、何も言わずに折りたたみ式の椅子に座って、母と同じ方へ視線をやった。時々、よくわからないことを言ったり、ベッドの角度や自分の携帯電話の充電について私に指示を出したりする以外、母も特に何も言わず、昼食の時間がきて、食事に手をつけるふりをして何も口にしない彼女を見ながら、私は病院に着いたときに一階のコンビニで買った春雨のサラダを半分だけ食べた。食べようと思えば全部食べられただろうが、色味の悪い病院食を見ていると食欲は失せるし、母の極限まで細くなった腕と比べると、自分の腕が太く見えた。

痛み止めの効いた母は以前のように痛い、痛い、とは言わなくなったが、その分息が苦しいようだった。苦しそうに息をするのが、苦しいことを伝えるためにわざとそうしているのか、実際にそのような音になってしまうのか、私にはわからない。ぼやけた目で要領を得ないことを口にする母は、意識からぼやけているのか、あるいは目や口が意識と違う動きをしてしまうだけで意識や感情はまだはっきりとあるのか、それもわからなかった。携帯電話に、風呂屋の女から何度かメッセージがきて、私も何度かメッセージを送った。ホストに会いに行ったことは伝えていない。なんとなく、自分の行動は悪趣味だと思っていた。私と彼女とのメッセージのやり取りは、エリの話題から離れて、整形の予定やくだらない漫画の話題に戻っていた。同じ店に勤めていた比較的仲の良い同い年の女からも連絡が来て、私と彼女を指名していた二人連れの客の一人が、私たちが苦手だった二十歳の女を指名したのだと愚痴っていた。

同じ姿勢で携帯電話をいじったり、昨日来るときに何冊か買った雑誌を読むでもなく捲《めく》ったりしているだけでは、さすがに腰や下半身の調子が狂いそうだったので、母が昼の薬で微睡《まどろ》んでいる隙に廊下へ出て、タバコを吸うために下まで降りたところで、携帯電話が鳴った。登録している病院の番号だったので、母が死んだのかと思ったが、来客だという。急いで戻ります、とは言ったものの、すでに一階だったので、東側の入り口から一回外に出て、タバコを三口だけ吸って、仕方なく母の病室のある、死ぬことが決まっている者のためのフロアの、ナース達の溜まりに顔を出した。

その男は、下の名前だけを名乗った。ホストでもない男で下の名前だけを名乗る人は珍しい。明らかにホストではないその男は、おそらく五十代後半か還暦くらいで、金持ちなだけではなく幸福なことがわかる服を着ていた。秋冬もののジャケットの上には何も羽織っていなかったし、手には小さな紙袋を口の部分を折りたたんで持っているだけだったので、自分の車で来たのだろうと思った。母は私の部屋に滞在した後に、本格的に痛みと呼吸困難を訴えるようになって麻薬の量を増やしたので、基本的に家族以外面会謝絶で、それはすなわち私以外に会いに来る人がいないということを意味した。それまでは、私は毎日病院にいるわけではなかったし、いても数時間だけだったので、誰かが会いに来ることもあったのだろうが、私には誰かが母を訪ねるイメージはなかった。仕事の手伝いをしてくれていたというフリーの編集者と、一度だけ入れ違いになったことがある。

母の病状を説明しかけた私に、男は微笑みを崩さずにゆっくり首を動かした。

「お母さんには、会えないだろうと思っていたんです」

男は続けざまに、これだけあなたに渡したいと言って、紙袋の折り曲げていた口を上に向けて開いて取っ手を私の方に向けた。知らない人からものをもらってはいけません、という、誰かに習ったか、単にクリシェとして私が知っているのかよくわからない言葉が浮かんで、私は手を微妙な高さまで持ち上げながら、眉毛と首で疑問符を表した。

「受け取ってほしい。お母さんのものなんだ」

男は一度も紙袋を引っ込めず、私はナースが時々行き交う廊下で押し問答をする気にはなれず、ひとまず紙袋の取っ手ではなく口の端を摘んで、中身を確認するようなそぶりで説明を促す。私が、思っていたより何も把握していない様子を察して、なおかつ彼は彼でこの場所が複雑なやりとりには不向きだと感じたのか、少しお話しする時間をいただけないか、と聞いてきた。私は一度病室に戻って母の様子を確認し、彼を病院の中庭のある階に誘った。彼が紙袋を引っ込めないので、私が中身を知らないまま、しかし少しだけ予想のつく重みを感じて、それを持って歩いた。

「お母さんと初めて会ったのはあなたが生まれる前なんです」

すでにジャケット一枚では寒い季節に、中庭を散歩する入院患者や見舞客は少なかったが、それでもいくつかのベンチは埋まっていた。適当なベンチを見つけて、座ってすぐに、男は少し離れて隣に座った私の方を見て話し出した。

「コンクっていうお店は聞いたことがあるかな」

私は薄手のコートを着ていても若干肩をすくめていたが、男は寒がっているようには見えなかった。男の出した店の名前は、聞き覚えがあった。

「母が歌っていたと」

「はい、小さなステージのあるお店でした。お母さんは生活費のためだろうね、あなたのいう通り、ステージで、自作の歌を歌っていたよ。劇団の女優というだけでは食べられないものなんですね。ただ、お店自体は、女性が接客してくれる、ありふれた場所でした。あなたのお母さんは輝いていたよ」

その店は確かもうない。それをいいことに、母はいかにもそこが、文化が飛び交う場所であったかのように話した。私は母と暮らした家を出る頃には彼女の欺《ぎ》瞞《まん》に気づいていた。それでも彼女は恵まれていた。クラブシンガーとして稼いだチップをためて語学を習い、小さなクラスで教えて、いくつかの詩集を出版し、結婚せずに子供を産んでも暮らしていける程度には自立できた。恵まれていた、というのは母自身の言葉だった。少なくとも謙虚さのあるその表現を、言葉通りに私は信じた。

車椅子の老婦人と向かい合うようにして斜め前のベンチに座っている人がちらっとこっちを見たので、隣の男と私の座る位置が妙に気になりだした。そして私がもし隣で会話を聞いていたら、これは、実の父と娘との初対面のように聞こえるのではないかと思えて笑えてきた。私は父の顔を知っている。自尊心が強そうで、何を手に入れても別の人を羨んでいそうで、傷つけられることに弱そうな男だった。ベンチで隣に座る男よりさらに年上だったろうと思う。そしてこの男のようにはお金持ちの匂いはなかった。認知はされていないが、小学校の五年生の頃に私に会いにくるようになって直接お金をくれた。中学一年の時にそれが母に知れて、会えなくなった。小学校五年の時に急に現れた中年を恋しいとは思わなかったが、お金がもらえなくなってしまったのは辛かった。中学二年の時に、今度は私から会いに行き、何度か会ったが、中学三年の時に再び母に知れた。再び会えなくなってすぐ、父は私が十六の時に死に、私は十七になると同時に母と暮らした家を出た。

「僕はお母さんがいる日にはなるべく観に行くようにしていました。ファンだったんです。芝居も観に行ったことはあるけど、芝居ではそれほどじっくり見ることができないから、コンクのショーは間近でお母さんを見られる貴重な日だった。本当に綺麗な人だったし、身体も美しかったんです。娘さんにこんなこと言うのは気持ち悪いかな」

その男が困ったように眉毛の中心を少し上げて笑ったので、私は特に何も言わずに、全く構わないという意味で肩をすくめて首を少しだけ振り、眉毛を上に上げた。男は笑顔のまま「お母さんは芸をするという誇りのある人でした」と言った。店は、客を喜ばせるために、裸に近い格好で歌わせようとする。母は明らかにそれに不快感を示していたが、抵抗するのにも限界があり、過激な服装で歌っていたのだという。裸に近ければ近いほど、露骨に客の反応も良かった。

「白くて、しなやかで、いかにも男が好きな身体の形をしていました。僕は勝手に自分が一番のファンだと思っていたから、酔っ払った客に彼女が揶揄《からか》われるのを見るのは好きではなかったけど、内実、自分のものにしたいと思っていたので、酔った下品な客と大差ないですね」

「口説いたり、しなかったんですか。どうせ、そんなお店でしょう」

母が半裸で歌っていたのは意外だったけど、少し愉快だった。

「ステージに出ている他の女の子は、ステージの時間以外はチップをもらうためにも客の席に着くし、自分のステージがない日はホステスとして店にいる子も多いんだけど、お母さんは接客してくれないんだよ、歌って、チップ集めにテーブルを回って、店の奥に引っ込んじゃうんです。それが余計に、僕みたいな男には手が届かない感じがして、必死に花を贈ったりはしたんですよ。当時はまだお金なんてないんだけどね、チップも頑張って払うようなものでしたから」

「高飛車ですね」

男の話が少しだけ途切れたので、私は早口で感想を挟んだが、思いのほか声が大きくなってしまったからか、男が少しだけ声を出して笑った。高飛車とは思わなかったけどプライドが高そうだとは思ってましたよ、とさっきよりも強めの笑顔で口にして、男は一瞬立ち上がり、ジャケットの裾を引っ張ってズレを直し、再び座った。少しだけ傾き出した太陽が立った男を後頭部から照らし、その分男の顔に光が当たらず、一瞬だけ黒く見えた。ここ一週間、ずっと天気が良いが、特に今日は光が眩しかった。もうひと月もすれば確実に冬がくる。医師は、母は年を越せるかどうかわからないと言う。

「お母さんは、そのうちお店で歌うのをやめてしまうのですが、その前に一度だけ、二人でお酒を飲んだことがあるんです」

座り直した男は、さっきより少しだけ私の座っている位置から近いところに座ったのだと思うが、気づけば私の姿勢が少しだけ前のめりになっていたので、気のせいかもしれない。いずれにせよ、話を続ける男の顔が最初のうちより近づいていた。

「コンクからすぐ近くに、遅くまでイタリア料理を出している店があって、僕らは、カウンターで並んで二時間ほど、話しました。近くで見る彼女はステージの上よりさらに端正な顔で、腕にも首にも傷ひとつなく、本当に綺麗で、僕は酔って記憶を無くさないように、かなりセーブして飲んでいました。忘れちゃったらもったいないと思ったんだ。お母さんはあまり笑顔を見せない人だったけど、その日はコンクの店長だかマネージャーだかの悪口を楽しそうに言っていました。もう、あの店で歌うのはやめる、と言うので、僕は彼女が見られなくなると思って焦って、やめないでください、なんて言って、それから、彼女に恋人がいることを聞いた」

「二十近く歳上の演出家、妻子がいて、その妻も元々女優」

「あなたのお父さんだよね。でも、もう別れようと思うと言っていました。ただ、妊娠がわかったのはもう少し後だと思います。お店を辞めた時には、芝居もやめて、仕事につくあてがあると言っていました。別れるつもりだと聞いて、つい、思いきって、僕は彼女に気持ちを告白したのだけど、しばらくは勉強や仕事をしたいとやんわりふられました」

私は一度、母の様子を見にいかなくてはいけないと思った。うっかり、結構な時間が経っている。それに、このあとどれくらい長い話になるのか、どうもこの男の話のペースを摑めない。ゆったりしていて、優雅と言えば優雅だが、焦《じれ》ったいといえば焦ったいし、話がさっさと終わってしまっては困るような、時間を稼いでいると思わせるところもある。斜め前に座っていた人も彼が連れていた車椅子の老婦人ももうそこにはいなくなっていて、気づけば中庭を散歩する人も先ほどの半数程度まで減っていた。

私はことの経緯を、母からではなく父から聞いたことがあった。作り話のようにありふれた話だった。都心からそう離れているわけでもない片田舎の、小さな老舗料理屋の三人娘の長女だった母は、婿を取らされるのも、片田舎も、薄汚いのにプライドだけ高い料理屋も嫌で、華やかなブンカ咲き誇る都会に出てきて、劇団員募集に応募した。主宰者で演出家の父は、すでに家族を持ちながら自分のところの劇団員にちょこちょこと手を出すろくでなしだったが、母のことはひと目見た時から気に入り、すぐに恋人関係になる。一時期は離婚も考えたが、二人の子供と、何ひとつ厄介な問題を抱えていない妻を捨てられるほど熱っぽい男ではなかった。父は私の目にはちっとも色男には見えなかったが、モテるのかマメなのか歴代色々と愛人はいたらしい。ただ、家庭の外に子供ができた例《ためし》は他になかったようだった。母は、父がお金を払うことで罪悪感を放棄することを許さず、出産費用を除く一切の援助は受けなかった。そもそも父に大したお金などあるわけがなかった。

中学二年の夏の終わりに、父が以前教えてくれた番号に電話をかけて一年以上ぶりに再会した時、私の腕には酷く焼かれた痕があって、それは父を落ち込ませるものだった。私から何か言うまでもなく、父はそれを母の仕業だと言い当てた。それは事実であって、私には、そうなんだろう、と凄む父をあえて否定する理由はなかった。君のママが絶対許さないと知っていたのに君に会いに行った俺のせいだ、ママは君が憎いわけでは決してないよ。父はそう嘆き、ママは取られるのをずっと怖がっていると思うんだ、とも言った。私は父の仮定する母の恐怖が、私を父に取られることなのか、父を私に取られることなのか、よくわからなかった。突っ込んで聞いたとしたってそれは父の見立てにしかすぎないと思ったので、何も聞かなかったし、そのどちらも間違っている、という確信があった。

母に叩かれたり怒鳴られたりした記憶はない。中学二年生が始まり、しばらくして制服が夏服に変わった頃、友人と付き合いのあった年上の男たちの溜まり場で少し時間を潰し、夜に帰宅すると、ワープロを開いて窓の外を見ていた母が、嫌に驚いたような顔をした。すでに外泊することも、深夜に帰宅することもあったから、時間に驚いている訳ではないのは確かだった。補導されない知恵をつけていた私や友人は、夜遅くまで外にいるときや、酒を飲むような場所に行くときには、駅のトイレや誰かの家で私服に着替えることにしていた。毎日ではないものの、多くの時間をそのようにして過ごしていたので、赤らんだ顔も、母の知らない店で買った私服も、母を驚かせるわけがなかった。友人の家にいたことを伝えて、いくつかやりとりをした後、私が洗面所に向かおうとした瞬間、母は私の腕を摑んで、火のついたタバコを肘の上あたりに押し付けた。喉の奥から無意識に出た短い声とともに反射的に手を引こうとすると、タバコは皮膚の上で上のほうにズレて、やがて消えて床に落ちたが、腕を摑む母の力は強くなった。鋭い痛みは一瞬で通り過ぎ、腕に食い込む母の指を見ながら、摑まれているというより繫がれている、と感じた。

逃げるべきだとか、抱きつくべきだとか、或いは何か声を出すべきだとか、そういう選択肢が頭の中を高速で通り過ぎはしたのだと思う。ただ、私の身体は一切の動きを放棄していた。母は私の顔を見ていなかった。腕を覗き込みながら、ワープロの横にあった銀色の重たいライターを私の腕に近づけ、火をつけると、肌にピッタリ張り付く安物のTシャツの袖部分が、嫌な匂いをたてて、ほんの一瞬だが炎をあげ、肌にまとわりつきながら燃えた。肌は一瞬でも燃える瞬間、動物のような匂いがする。おそらく予想していなかった炎と、私の叫ぶ声に驚いた母がすぐに飲みかけのコーヒーを引っかけなければ、Tシャツに包まれた上半身全てが焼けていたのかもしれない。母を見ると、まだ驚いた顔をしていたが、しばらくして風呂場で冷たいシャワーをかけられ、大きな病院の夜間診療に連れて行かれた。何度か水膨れができ、異様に痒くなった後、最初にタバコを押しつけられた箇所と、Tシャツに当たっていたところがそれぞれ別のただれになって痕が残った。

「あの店にいた子たちは、みんな少し目をぎらつかせて、チャンスを待っているようなところがありました。自分のいる場所から、別の場所に移るチャンスが、大して冴えたものではない客の中に落ちていると信じていたのではないでしょうか」

男が語る店の女の様子は、私の知る飲み屋の女たちの姿とかけ離れている気がした。少なくとも私は客の顔にお金以外のものを映したことはない。単に男の記憶が補正されているのか、時代や場所と関係があるのか、客の目で見ればそのように見えるのかはよくわからない。

「色目を使う子もいれば、ガツガツと質問や頼み事をしてくる子も、自分の才能を売り込んでくる子もいたな。当時の僕みたいな、何の権力もない若造にすら、ね。かなりの数の女の子が、お客に近づいて懇意になって、結果的に身体を明け渡してお金をもらうような真似をしていたんだと思います。中には、本当に毎晩のように客をとるような子もいました。あの子たちはどこに行ったんだろう。あなたのお母さんは、ツレない人だったけど才能はあったし、彼女もどこかで、小さな劇団と不倫の毎日から抜け出す糸口を探していたのかもしれません。それでも、こんなところにそんな糸口はないんだとわかるくらい、彼女は聡明だった。だから去った」

病室の母と似たような、視点が定まっているのにどこにも焦点があっていないような目をした母より若い女性が、夫らしき人に車椅子を押されて庭の真ん中あたりから東の端のこちらの方に向かって近づいてきた。私も何度か母の車椅子を押してこの庭に来たが、母は人工的なこの庭を気に入らないようで、すぐに疲れたふりをした。母は、店の売春婦まがいのホステスたちを心底軽蔑していたのだろう。もちろん、彼女たちを買いにやってきて、挙句母のことも買えると信じているような男たちのことも。

男は、私の方を見て、少し眩しそうな顔をした。良い生活をしている人特有の、ものを見分ける目が備わっている、そういう視線だった。私の生きる荒んだ部屋を想像しているのだと思った。そして私は流石に母の様子が気になっていた。わざとらしく携帯電話を開いて時間を見ると、戻りますか、と男が言って、歩きながらもう少しだけお話ししていいですか、と聞いてきた。母の様子が気になるだけでなく、かなり斜めになった光がまだ庭に差していたとはいえ、身体が冷えていた。

エレベータを待ちながら男が、お母さんは自分の美しさを憎んでいるところがあった気がする、というようなことを言った。

「カウンターで飲んだ時に、もう一人の歌い手のことを、店の偉い人の愛人だ、と悪態をついていたんですよ。だから舞台に立たせてもらえるんだ、と。そしてその子が自分よりずっと上品な格好で歌っているのは、歌の実力なんかではなく、実は背中に醜いアザがあるからなんだ、と力を込めて言っていたよ。男に賞賛される方が損をする。男は綺麗な女を見せびらかして、醜い女をこっそり愛するんだ。って、これはお母さん独自の見解でしたけど」

一台のエレベータが主に病院スタッフと台車で満員だったので見送って、ようやくもう一台が到着したところで、男が一瞬話を中断し、私はさっさと、男は慎重に周囲に気を払いながら、乗り込んだ。私は本当は上に戻る前に下に降りてタバコが吸いたかった。

「でも、あながち間違っていなかったのかもしれません。あなたもお母さんに似て大変綺麗だから、わかるのかもしれない。店を辞めて、たった一人で子供を産んだあと、これはお父さんは知らなかったと思うのだけど、なかなか体調が本調子に戻らなくて苦労していたんです。貯金は減っていく、仕事のあてなどもうなくなっていたのかもしれない。僕にたまに電話がかかってくるようになった。店で前みたいに歌いたい、それくらいならできそうだけど、今度こそホステスの仕事もきちんとやれと言われるだろう。裸に近い格好で歌わされるのももう嫌だ。そのうち、背に腹は替えられなくなって男と寝るようになって、身体に具体的な値段をつけられる気がする、それが怖いと泣いていました。私は当時、仕事を独立したばかりで、お金に余裕があるわけではなかったのですが、いくらでも貸すし、力になるつもりでした」

途中、二回止まっただけでエレベータはすぐに母の病室の階に到着した。看護師がひとり乗ってきて次の階で降りるまでの間だけ、男の話は一時停止するように途切れ、自然に再開した。男は再び一旦話すのをやめて、もう自分と私しか乗っていないのにドアに手をあてて私を降ろし、慎重に自分も降りた。母の病室にくる気はないようで、エレベータが並ぶホールでそのまま立ち止まっていた。

「お母さんは善い子すぎたのかな。あんなにプライドが高そうに見えていたけど、悪女になれるタイプではなかったのか、あるいは子供を産んだばかりで性格が不安定だったのか。純朴だった僕なんて、いくらでも騙してお金を引き出して、借金まみれにして捨てることだってできたのに。援助は受けない、かといって、あんな陳列棚みたいな箱で他の女と並べて物色されて、男に買ってもらうなんて考えられない、それくらいなら、自分で売りつけるって言って、僕と時々会うようになった。愛してくれたわけではありません。きっと彼女はあなたのお父さんのことを愛していました」

なぜか私と男が到着してから、エレベータはなかなか止まらずに、ホールにはじわじわと人が溜まっていった。帰っていくお見舞い客、医師やスタッフ、買い物に行くらしい寝巻きの患者が、エレベータ数台の上の電光表示をちらちら見比べていた。

「こんなことを娘のあなたに言うのはルール違反です。でも、そんな関係は僕が結婚した後も断続的に続き、結局、終わりを迎えることもないまま、お母さんはもう電話やメールのやり取りができなくなってしまったようだ」

人のいるエレベータホールで、囁《ささや》くようだった男の声が少しだけ大きくなった気がした。もっと生きていると思った、と言った男の声は、雑音に紛れて数メートル先には届かないようなボリュームではあったものの、たしかに叫んでいるような音色を帯びていた。

「もう少し、生きていると思ったから、生きてると思ってたぶんの、お母さんに渡すはずだったお金、あなたが受け取ってください。僕は、もう会いにきません。お母さんの顔を見たら、多分本当に息絶えるまで、そばを離れずに看取ってしまう。彼女は絶対に、彼女をお金で買った僕に付き添われることをよしとしません。プライドが高いんです。客に看取らせてはくれません」

すでに私が持っていた紙袋を、私の手の上から軽く握った男の手が、じんわりと温もっていることに驚いた。私の手は、すっかり晩秋の空気に冷えて、しばらくは通常の体温に戻ることもなさそうだった。

中途半端に間隔が短かった扉の軋む音と鍵の回る音が耳に残る中、荒んだテーブルの周りに目をやりながら、五センチヒールのショートブーツから足を引っ張り出し、私は足元に置いたバッグの口を開いて、中に折り畳んで入れた紙袋を取り出した。この街の飲み屋に来る客は、ツケやカードではなく、現金払いで飲んでいく人が多い。だから私も札束は見慣れていて、重さと分厚さで大体の金額は分かった。でも、目の焦点が定まらないとはいえ母のいる病室で、袋を開けようとは思わなかった。そのまま玄関に正座のように足を重ねて座り、紙袋の中に入った、分厚い銀行の封筒四つを眺め、そのうち一つを手に取って、開いてみると銀行のテープで巻かれた百万円の束が二つ入っていた。袋に手を突っ込んで、触ってみると、どの封筒も同じ厚さのようだった。

私が病室に戻った時、母はすでに目覚めていて、口を開けて音を立てて息をしながら、何も言わずに私に対して目を見開いた。わざと出そうとしたのか、あるいは音を立てて息をしている中で喉から漏れ出たのか、唸るような声が二回ほど聞こえた。近寄って、ベッドの角度を変えるリモコンで背を少し下げてみたら、違う、と言うようなことをぼやいたので、今度は少し上げると、何も言わず、しかし少しだけ楽になったような息の音がした。母が何を考えているのか、病に言葉の多くを奪われる前も、往々にして不確かだった。彼女の気分は時々不可解に変わるし、妙なことに頑なになる。ただ、それでも他人のことよりはわかるし、それは言葉を失った今でもそうだ。

まだ冬というには暦が浅いものの、日が落ちるのはだいぶ早くなって、中庭にいた時には昼間と同じ色だった空気が、病室の窓の外で、少し暖色を帯びて、さらに窓からその色がベッドの一部まで差し込んできていた。

「日が短くなったよね」

私は椅子ではなく、母のベッドの端っこに、滑り落ちないギリギリの浅さで腰掛けて、返事を期待せずに話しかけた。病院に戻ってからの母は、うん、とか、そうね、とか答えることもあれば、何も答えないこともあり、やけに声を張っておかしなことを言うこともある。以前の母のように、自らを取り繕って過剰な自意識で詩的な表現をすることはもうない。

「そうだね」

思いのほかはっきりとした口調で返ってきたので私は横目でしか見えていなかった母の顔を真正面から覗きみたが、それは返事というより身体に刻まれた反応だったようで、目の焦点はやはりどこかよくわからないところを彷徨《さまよ》っていた。

「男の人が来たよ」

「そう」

「お金くれたよ」

「そう」

「うちって思ったより貧乏だったの？」

「そう」

「あのひとと結婚すればよかったのに」

「うん」

「違う人の子供産んだことは置いておいて、そうすれば、普通の、お金持ちに愛された妻だったよ。隠し事もしないでよかったし、半裸で歌わなくて良いし、病気にもならなかったかも。お金になってもならなくても、詩とか好きなだけ書いてられたよ」

母の反応にもはや意味が付随していないことがわかったから、私は続け様に喋った。母に、これだけ質問を投げかけたのは生まれて初めてだった。母は時々捲《まく》し立てるように私に問いかけたが、私は母に何か聞いたことがほとんどない。明日の夜は帰ってくるのか、なぜうちに父がいないのか、語学の教室と詩集の売上だけでどれくらいの収入があるのか、なぜ人に会わない時にも化粧をしてストッキングを穿くのか、なぜ私がタバコを吸ってもお酒を飲んでも怒らないのか、なぜ父と会ってはいけないのか、私がこの街でどんな仕事をしているか知っているのか、私の嘘に気づいているのか、どうして私を打ったことも締め出したこともないのに肌を焼いたのか、何も聞かなかった。

「生理がきた直後にさ、ナプキン買うのに付き合ってくれた中学の友達がなぜかくれたコンドーム、鞄に入れてたんだけど、次の朝に学校行ったらなくなってたんだよね。あれ、捨てたの？」

母の反応がいよいよ鈍くなり、目も半分くらい閉じかかっていたので、私は聞いていなかったことの中から、あまりこだわりも意味もないことを聞いてみた。反応はやはりなかった。マットレスとベッドの枠の間に挟まっているリモコンを再び手に取り、微睡《まどろ》んでいる母の背中を少し床と平行な方向に近づけた。母はもう、それが楽だとも、嫌だとも伝えようとはしなかった。夕食を持ってきた看護師から私が少し立ち上がってトレーを受け取って、どうせ食べることはない母の前にテーブルを近づけ、一応その上に置いた。再び、ベッドの上のほんの小さな領域に浅く腰掛けた。

「別にさ、私の火傷って父親と関係ないよね?」

食事のトレーを指で少し撫でただけで、お茶にも手をつけない母は、気づけば枕に頭を少し斜めに預けて、目を閉じていた。私はさらに声を小さくして、ほとんど母に聞こえない声でそう言った。母は目を開けなかった。そのうち看護師が薬を持ってきて、母は目を半分開けて薬を飲み、再び眉間に力を入れたまま眠った。

母が焼きたかったのは自分の肌なのだろうか。むしろ、自分の体内で作り出した私の肌は、母の肌でもあったんだろうか。他の封筒の口もチラッとだけ開けて札束の数を確認して、私は自分の部屋には鍵付きの引き出しも金庫もないことに気づいた。今まで、ひと月分の給料、と言っても日払い分を除いたものから、さらにヘアメイク代や罰金を差し引かれたものより大きい金額のお金を持ち帰ったことがなかったし、それ以外に高価で大切なものもなかった。

玄関から重くこわばった身体を持ち上げて、紙袋を低いテーブルの上に、ハンドバッグを自分の横に置いて、床の上のクッションに座ってタバコに火をつけた。床は先週よりさらに冷えていて、暖房をつけるか悩むが、ひとまずつけずに、その代わり上着を着たまま、ほとんど空のように中身のなくなったハンドバッグから携帯電話を出した。

——ところで今日は仕事？

断続的にメッセージが続いていた風呂屋の女に、メッセージを送る。パチンコの景品が何もなくなった紙の箱から、前日に放り込んだリップクリームを出して、やや真ん中が硬くなっている唇に擦り込んだら、すぐに返信がきた。

——仕事。でも暇。客途切れてるし、0時ちょうどにあがれそう。

——飲み行く？ 食べてもいいよ。

——うーん、食べるくらいならいいけど、私今日から四連勤で明日も通しで朝からなんだよ。

——朝何時だっけ？ 10時？

——そう。

本当に客は途切れているらしく、メッセージはどれもすぐに返ってきた。生真面目に働いている彼女は、確か両親が揃っていて、それも首都圏の、千葉だったか埼玉だったか、あまり聞いたことのない片田舎の町ではあるものの、わざわざ上京するような場所ではないところに実家がある。元遊郭の街に勤めに出るのは少なくとも週に四日、多い時は六日で、確か生理の時には本番のない別の店にも出ている。月の収入は私が週に六日飲み屋で働いていた頃の三倍近くあると思う。

——飲みたい感じだから四連勤終わったら誘うわ。

——へー珍しい。店辞めたらアルコールが足りない？

——なんか、臨時収入あったのと、最近どうせ家帰ってもあんまり寝れなくて。

——あ、ＳＭどうした？

彼女が口にするまで、わざわざ連絡先を送ってもらったＳＭ系の風俗店のことなど忘れていた。エリの葬式に蔓延していた、喪失ではなく彼女の人生を嘆くような悲しみが不可解で、彼女のことがちょっと知りたくなっただけだった。大阪や地方都市で勤めていたのはおそらく普通の風俗店だから、別にＳＭに鍵があるわけでもないのだろうが、私にはＳＭの店なら、身体の火傷や刺青があっても面接で落とされないだろうという目論見があった。風呂屋やそれなりに金額の良い風俗店は顔の造形美以前に身体の傷は嫌がられる。エリは入れ歯であった上に、左手首から肘の内側にかけて、規則的でどれも同じくらい深い切り傷があった。若い時にやった、と彼女は言っていたが、死んだ時も彼女は若かった。

——まだ行ってない。日中はずっと病院にいるからさ。ＳＭだと刺青平気だよね？

もう言葉を理解しているかどうかわからない母を質問攻めにした勢いなのか、私はあまり調べたことがないことを、何気なく聞いていた。チューブ型のリップクリームの、ねじってはめる蓋がうまくはまらないので、なんとなくもう一度指先に出して、まださっきの粘度を保っている唇にさらにすり込んだ。

——今どきのデリヘルにいくらでもいるでしょ。ダメなのは家族向けの安いプール付き温泉ね。

右手で左腕を触り、外から裏側の方に指を回して微妙な凹凸を服の上から撫でる。私の腕を彫った彫り師は女で、中高生がたくさん訪れる街の賑やかな通りにある大きくて明るいスタジオに所属していて、技術は確かで、丁寧な人だった。自分でデザインするよりも、絵や写真を持ち込むお客の注文を確実に綺麗に彫り込む方が得意なタイプで、私はタトゥー雑誌からいくつかモチーフを持ち込み、彼女はそれに忠実に、さらに火傷の痕のところは少し変則的に黒色を多用して全く目立たなくしてくれた。何度も何度も上から撫でたそこは、私の指の方が過剰に突起の形を覚えているだけで、すでに凹凸がほとんどなくなっているような気もした。それに、火傷のない肌に施した刺青も、太い黒のラインで描いたものの場合は、上から触ると多少はみみず腫れのような突起がある。

——飲みに行ってくるわ。ホストでも行こうかな。

——笑。その辺の客引き使って初回乞食でもしなよ、男になんかお金使うのは勿体無い。

風呂屋の女のメッセージを確認してすぐ、今度はエリが指名していたホストにメールを送った。仕事中にメールをこまめにチェックするかはわからない。返ってこなければ風呂屋が言うようにどこかの店で、初回料金の三千円や五千円で飲めばいい。私はメールを打ちながらすでに立ち上がっていた。

帰ってきてから手を洗っていなかったので、洗面所に行ってハンドソープで手を洗い、洗濯機の上に放置してある使い古しのバスタオルで手を拭いて、鏡に顔を近づけ、化粧のよれを確認し、折りたたみ式の鏡と、カートリッジ式のヘアアイロンを持って再びテーブルの前の床に座った。電気を明るくしないと化粧は濃くなるが、夜に出歩く時の化粧は濃い方がいい。景気付けに、よくわからないアジアの文字が色々書かれたスティックを鼻に突っ込んで、そのまま目頭側の眉毛を少し鉛筆で描き足した。元々はミントしか入っていない嗅ぎ薬だが、そこに粉薬を入れて売ってくれるチャイニーズ系の不良がいる。綿棒で目尻のよれを拭きながら、いつ知り合ったのかと思い出してみたが、確かエリの客の手下筋だった。

電話が鳴った。ホストだった。

「おはよう、どうしたー」

「あれ、今店じゃないの?」

ホストの後ろでは、明らかにホストクラブではない音が鳴っている。十年ほど前に爆発的に売れたロックバンドのボーカルが聴きなれない歌を歌っている。新曲なのか、古いアルバムをかけているのかよくわからない。

「美容院。髪切ろうと思って来たら、白髪あるよって言われたから染めてたら時間かかっちゃってさ。優雅に遅刻して行こうと思ってまして」

美容院もこの街の中だろう。この街はどんな業種もこの時間が騒がしい。美容院も、ネイルサロンも、牛タン屋も。私はあえて、ネギを背負って鴨になるようなことを言った。

「飲みに行くよ、何時にお店着く？　待ち合わせて一緒に入ってもいい。テキーラとシャンパン飲む」

「どうした、何かあった」

ホストが笑うでもなく深刻になるでもなく、軽やかで親身な声で言った。ベテランホストは鴨がネギを背負っても舞い上がったり気忙しく焦ったりせずに、警戒する。やや途切れた会話の隙間で、音楽がより一層はっきり聞こえる。耳を凝らして歌詞に意識を向けたら、私の名前が天使に喩えられていて嫌だった。

「飲みに行くところが思いつかない。何時に着く？」

警戒されているのを承知でしつこく聞いた。

「外で話聞こうか？」

「店でいい。うるさいところの方がいい」

「もう終わるけど、駅の方の美容院だから、30分くらいかな」

観念したようにホストが言ったので電話を切って、光沢のあるアイシャドウを指の腹で瞼《まぶた》の上に厚く塗った。ホストの声より、ロックバンドのボーカルの声が耳についているが、代わりに部屋に音楽を鳴らす機器を私は持っていない。灰皿に積み上がったタバコがいい加減こぼれ落ちそうで、そのせいでさっき消したタバコの火がどれか古いタバコの葉っぱに少しうつって煙を立てている。テーブルの下に置かれたいつのだかわからないペットボトルを開けて、中に入った水を上からかけると、煙は止んだ。嫌な匂いがしたが、もう私は部屋を出るのだから構わない。男にもらった封筒のうち二つを台所の流しの下の棚に、もう一つをベッドの下の下着を入れている引き出しにしまい、最後の一つを開けて、札束を一つ取り出しかけて、迷って結局戻して、束が二つ入った封筒をそのままハンドバッグに入れた。八百万は嫌な緊張感があっても、二百万は持ち歩ける。二百万の入った封筒を持ち歩く女はこの街に腐るほどいる。死にたいと言う女の数と大体同じくらい。

先ほどの狂ったリズムを取り戻そうと、耳奥にロックバンドの音を鳴らしたまま、鍵を一捻りして、その残響があるうちに階段に続く扉をぐっと引いて、金属の軋む音を鳴らした。押すのと引くのでは手応えは違っても、さっきよりずっと規則的なリズムに倣《なら》っていた。急いで階段を駆け降りて、久しぶりの、外に出ていく罪悪感をヒールの音の中に消した。

身体の右側に体重をかけて押すと、途中から思わぬ勢いでドアが開いた。勢いに任せて絨毯の敷かれた廊下に足を踏み出し、ドアから手を離すと、心配になる程ゆっくり、しかし確実に、音を立てずにドアが閉まる。最後、上品でゆっくりした音が、扉が最後まで閉まったことを知らせてきた。ヒールが音を鳴らさない廊下を歩き、二つあるエレベータの中央に二つあるボタンの下の方を中ゆびの関節を突き出して押した。耳を凝らせば聞こえるくらいの音で、エレベータがそれに応えてこの階に向かって動き出し、しばらく待つと到着を知らせるつまらない機械音が鳴った。エレベータの中までクッション性のあるゴムのような素材が床を覆っていて、ヒールの音は鳴らない。

自分の部屋ではない場所から病院に向かうのは、久しぶりだった。母が私の部屋に来る前、まだ母が自分で下着を替えたり、ゆっくり起き上がって部屋に備わったトイレを使ったりできた頃は、出先のネイルサロンやレストランから向かうことはあった。朝、真っ直ぐ病院に向かうときは、いつも扉の軋む音やヒールが階段を打つ音を鳴らしてから外に出ていた。

間にインターフォンを挟んで二重になったガラスの自動扉が、一つずつ焦《じれ》ったく開くのを待ってコンクリートの広い道に出ると、自分のスカートに思いのほかたくさんの犬の毛がついていることに気づき、一度立ち止まって手でそれを払った。ホストの家は、店のある街を出て二駅ほど離れた駅の西側にあった。タクシーで来たけれど、私はこの道を知っていて、さらに駅までの道もよくわかる。かつてその駅の東側に、母と暮らしていた。新しいマンションが並ぶ広い道路に連なる西側に比べて、東側はどの道も古く、ぎりぎり都心に含まれる位置なのに家賃が安いこと以外は特記すべきことのない場所だった。通った小学校は東側、中学校は西側にあって、男と消えた主婦の友達は東側で育って、旦那が買ったマンションのある西側に住んでいた。

「なんでそんなところに住んでるの？　不便じゃない」

店で五杯入りのテキーラのセットを三回頼んで、だいぶ視界の周縁がぼやけてきてから私はホストに聞いた。テキーラを飲むための若いホストが二人ほど席についていたが、そのどちらも大して話をしないので、私はエリの相談役だったベテランホストと結局ほぼずっと話していた。途中、一人指名客がきたようだったが、閉店と同時に私が店を出る前に、その客は帰したようだった。

「あんまり店に近いところだと、こいつらの溜まり場になっちゃうのよ」

若いホストたちを軽く指で差してホストは言った。若いホストのうちの一人が、前の家に居候してた一人です、と言って、あそこの家最高でした、また近く住んでほしいです、でも今の家も行ったことありますなどとここぞとばかりに喋り出したので、それ以上場所について何か聞く気が失せた。私が聞きたかったのは、なぜ飲み屋街から離れた場所に住んでいるかではなく、なぜ、その場所に住んでいるかだった。

大通りから最短で駅に行くには、大きなスーパーの角を曲がって、いくつかコンビニやパチンコ屋の並ぶ狭い道を通ればいい。でも私はなんとなく、そのまま大通りを進み、十字路を曲がって踏切をこえ、駅の東側の雑多な街を通ることにした。なかなか開かないことを覚悟していた踏切は、目の前に見え出すと私を待ち構えていたかのように開いて、私はほとんど止まることなく、歩いていた速度のまま東に向かった。いくつかの商店が見覚えのあるままに並び、いくつかの新しいチェーン店ができ、いくつかはシャッターを閉じている。

そのまま東に進むと小学校があり、さらに坂を登ってしばらく歩けばおそらく母の荷物がそのままになった部屋があるが、私は線路と平行にはしる狭い通りを右に曲がって、駅の方に向かった。母の部屋の鍵は持っているが、持ち歩いてはいない。今私が住んでいるところとほとんど同じ大きさの、片方が畳で片方が灰色のカーペットの特に特徴のないふた部屋で私は育った。カーペットの部屋には母の本棚と机があって、小さなベランダが張り出していた。畳の部屋には食事をしたり私が宿題をしたりするちゃぶ台があって、夜はそのちゃぶ台を端に寄せて布団を敷いた。二つの部屋は引き戸で隔てられていただけなので、無駄なスペースは一切なく、畳の部屋に連結する形で小さなキッチンがあり、反対側に玄関があった。バランス釜の風呂には真冬にしか湯を溜めなかったが、部屋の日当たりはとても良かった。小さい頃の記憶は、総じて明るい日差しの中にある。

軽く力を入れるだけで開く薄い引き戸は、時々仕事中の母と私を隔てたが、あけてしまえば二つの部屋はほとんど一体だった。小学校に上がる頃までは、その引き戸が閉まっているのを見たことがなかったので、母が取り外してどこかに置いていたのかもしれない。私には門限もなく、多くの同級生がそうだったように進路や習い事を強制されたこともなかった。いつでも簡単に開かれる薄い引き戸だけでは不十分になって、友人たちと夜まで外で過ごすことが増えた。時々、服装について小言を言われたくらいで、私が明らかに喫煙や万引きをしている様子がわかっても、母はそれほど驚きも怒りもしなかった。ただ、彼女がどのような女を軽蔑し、どのようなお金に嫌悪感を示しているかは、たまの会話の端々を思い出すと、よくわかる。

十七で家を出てから、ほとんど母と暮らした部屋を訪れたことはない。私が占有しているスペースはなかったので、家具の配置などはほとんどそのまま、母は一人で暮らしていたと思う。引き戸は外されているかもしれない。

商店と商店の間隔が狭くなり、シャッターを閉じた店がなくなり、いよいよ道が駅前の賑わいに差し掛かる頃、見覚えのある青果店が左の角に見えた。

店先の賑わいこそいかにも商店街風の青果店ではあるが、売っているのは割と高級な、しかしどこかダサい贈答用の果物や中華料理にしか使わないような珍しい野菜で、おそらく西側に住むのであろう若い夫婦などが今年買ったらしいツヤっとしたレザーの上着などを着て店先を物色している。私が住む歓楽街の入り口や、その最寄り駅前にも青果店がある。歓楽街の方は串に刺さったフルーツを若者に暴利で売りつけ、駅前の方は百貨店にやってくるような女性たちにフルーツをきれいに切ったものやケーキを上層階で暴利で販売する。ここはそのどちらにも似ていない。昔からあった。

店先に置いた椅子と小さなテーブルにいつも座っている中年の痩せたおばさんがいて、以前はそのテーブルに載せた灰皿に灰を落としながら、体調が悪いのか機嫌が悪いのか、笑顔を見せることなく座っていた。中学の頃見ていたのとほぼ同じ印象の、ただおそらくその年数分は歳をとったおばさんは今も座っている。テーブルの上を見ると、健康に気を遣っているのか条例に気を遣っているのか、灰皿は見当たらず、缶のようなものでできた簡易なレジの現金を数えている。膝の上には雑誌が載って、おばさん自身はそう派手なわけではないが、化粧っけがないわけでもない。その印象も記憶の通りだった。マニキュアはしていないが、眉毛は描き眉で、痩せているせいか、性的な香りが全くないわけではない。

少なくとも、ここで生まれた私の知る限り、彼女はずっといたし、ずっと中年の女性だったし、ずっと痩せていた。私はこの駅というと、この青果店の姿が最初に想起され、この青果店というとこのおばさんの姿だけが想起される。幼かった私が高いフルーツを買うことはないし、母はこの店を嫌っていた。果物を搾ったジュースを買うことができるのに気づいて、病院に持って行こうか、あるいはゼリーのようなものと本物の果物を買っていこうか、少し店内を覗き込みながら考えていると、どこからかやってきて私の斜め後ろで果物を物色している三十代くらいのスーツの男が、自信のある大きな声で、「お母さん、この前の盛り合わせと同じ値段で別のもの入れてもらえる?」と言った。おばさんは、特に笑顔になるわけではなく、店の若いスタッフに指示して、店員はスーツの男に、いくつか質問をしながら手早く箱を組み立てた。

私は何も買わず、何一つ声を出すことなく、駅のほうに向かって、思っているより早い速度で歩き出していた。小走りのように早く歩いてみると、内腿に違和感がある。ホストの腰骨が当たっていた場所だと思った。セックスしたのは覚えているけど、ホストがイッたかどうかは覚えていない。無地の紺色の清潔なシーツの上で、私は込み上げる吐き気を我慢するのに神経を使っていたからイかなかったけど、久しぶりに挿入する瞬間の膣が広がる感覚は気持ちよかった。エリとはセックスしていないと言っていた。ホストの言葉を信じる趣味はないが、そもそもそんな気がしていた。

テキーラを飲み終わってみるとすでにラストオーダーは過ぎていて、内勤の男が持ってきた伝票の数字は、十万に届かない金額で、封筒を開くまでもなく、私は財布から現金を出して支払い、封筒はバッグの底に沈めたままだった。セット料金と飲んだビールや焼酎と割りものやテキーラと、この種の店で不可解に混入されるサービス料や指名料を考えると、前回も含めて少し割り引かれている気がしたが、単に適当なのかもしれないし、あえて疑問を呈するには割り引かれている金額は微小なものだった。直前に吸い込んでいた嗅ぎ薬のせいか、エレベータのドアに肩をぶつけるほど酔っていた私に、ホストはおそらく閉店後のミーティングをサボって付き添い、どんな会話をしたか忘れたが、おそらく犬でも言い訳にして彼の家に行くことになったのだ。彼の家で目が覚めたとき、特に疑問や後悔は感じなかったが、頭の左側が妙に痛かった。

急ぎ足で歩くとすぐに駅前に着いたので、私はICカードを探したが、滅多に使わないそれはバッグのどこを探しても見つからなかった。バッグの底の封筒はそのまま札束を包んでいる。朝、私がシャワーを借りているときに起き出したホストは駅まで送ると言ったが、私はそれを拒否した。そしてホストがシャワーを浴びている際に、小さな罪悪感と共に一応札束を確認した。エリの部屋で会ったことのある犬が、私のバッグの中身に何か期待をこめて薄い舌を出し、目を輝かせていた。仕方ないので、母が死を待つ病院の近くの駅までの値段を確認して切符を買い、数ヶ月ぶりに電車に揺られた。電車に乗るのはエリの葬式の時以来だ。

ゼリーもジュースも母はもう味を感じないだろうという憶測はあったが、それでもジュースなら少しは喜んだかもしれないと思うと、やっぱり買って来ればよかったとも思った。おばさんの息子ではないスーツの男が、何の気負いもなく「お母さん」と呼びかけた声が耳に残っている。母はあの店が嫌いだったが、まさかジュースがあの店のものだとは気づかなかっただろう。でも、私は自分の母親ではない人に「お母さん」と呼びかけられるようには育てられなかった。かつて私の身体を所有していた母親を意味するその言葉はあまりに意味を帯びすぎる。早生まれの母は、五十四にならずに死ぬのだろう。私は五十三の歳で、髪や肌は老婆のように老いてしまった無惨な姿の母を焼くことになる。肌や血や肉は火の中で溶けていくのだろうが、骨が残るのだからきっと歯も残るだろう。

地上を走る電車は病院の最寄りの駅は通らないので、私は十五分ほどの道のりを歩いていくことにした。タクシーに乗ろうかとも思ったが、午前中特有の人の波に乗っているうちに、駅のタクシー乗り場は通り過ぎていた。病院に通うことがなければ、この時間に、自分の住む街以外の空気を吸うことはなかった。早起きの主婦の友人を失った今となっては、色々と仮定してもそんな用事ができることが思い浮かばない。母がくれたのは五体満足の身体と、その身体の値段を半減するような傷と、女盛りの二十代が残り少なくなったこの時期に、朝の気だるい空気の中を歩いて浪費する時間なのだ。目の前には生真面目に人生を歩くスーツ姿の中年の男が数人とカラスと自動販売機の飲み物を補充する業者の車とその車が轢《ひ》き潰したと思われる潰れたコーヒーの缶がある。この、何の感想も思い浮かばない光景を見せてくれたのは病に倒れた母である。

病院のロビーで、もう何回繰り返したかわからない面会用のバッジを受け取る手続きをして、いくつもあるエレベータのうちの一つに乗り込み、数字の書かれたボタンが並ぶパネルの前に立つと、私より後に乗り込んできて、一番奥までさっさと進んだ婦人二人が、やや西の方の訛りの厚かましい声で、私に聞こえると思っているのか聞こえていないと思っているのか、私の左手首の刺青についていくつか意見を言った。「でも明石さんの息子さんも刺青いれてたのよ、明石さんのお葬式に来てたときに子供連れてたけど」「ああそう」という台詞を最後に、二人は七階で降りて行った。片方は花を持っていて、片方は高級な果物屋の紙袋を持っていた。

エレベータが再び動き出し、私の身体の中で空気が下方に引っ張られるような感覚があり、そのまま止まらずに母の病室の階に着いた。見慣れた看護師がちょうどエレベータホールに立っていたので、軽く会釈して、あまりじっくり見られないよう早歩きで病室に向かう。非常識なヒールの音が鳴る廊下は少し愉快だった。ホストの家でシャワーは浴びたが髪は洗っていない。病院の消毒された空気の中で嗅ぐと、私の髪は酒とタバコが混じった嫌な匂いがした。かといって香水をつけると母の吐き気が止まらなくなるし、私も昨日から継続して吐き気がしていて、強い匂いを嗅ぎたくはない。

母の病室の扉が開いていて、一人のナースの後ろ姿から、何人もの人が中にいることがうかがえた。歩くスピードを緩めて、一番手前にいるナースに近づき、私がいることに気づいてもらうためにバッグを触ってわざとらしい音を立てた。

母は死んだわけではなく、喉から嫌な音を立てて、どうやら医師に痰を吸引してもらっているようだった。母の今回の入院の最初の日、タクシーに同乗して病院に来たときに、面談をした担当の医師だった。

「息苦しいのは痰のせいではないんだけど、痰を出す体力は無くなってしまっているのも事実だから、ある程度定期的に吸引します。今後はナースが担当します」

吸引器らしきものを母の口から離して銀のトレーに置き、医師は私の顔を見て、一度下を向き、再び私の顔を見てそう言った。私が曖昧に、ありがとうございます、というようなことを言い、お礼というのは変な気がして、しかし他に返事の語彙を持ってはいないのでそのまま母の顔を心配そうに覗き込むような仕草をすると、医師は私に場所を譲って一旦、水道の蛇口がある壁の方に身をひいた。ナースは後ろ姿が見えていた一人に加えてもう一人いる。人の密集している中に臭い髪で侵入していくのは気が引けたが、母に近寄らないのも変だと思って母の枕の頭の近くに、なるべく医師から身体が遠くなるように立った。母は、少し笑顔で、「吸ってもらった」というような意味のことを言って、「苦しいから」と今度ははっきりした口調で訴えた。

「お疲れでしょう、毎日通って一日いるのは。長引くとご家族の方が体調を崩されることも多いですよ、夜はゆっくり休んでください」

私を気遣う医師の言葉は嫌味に聞こえたが、口調は穏やかだった。そして、「少しお母さんも交えてお話しできますか」と断る選択肢のないことを質問形式で口にした。

「だいぶ、苦しくなってきたと思います。特に胸の辺りにいくつか、限界を迎えている部分があります、お母さん、どうですか、何かどうしてもこの日まで、どうしてもこれをしてから、という目標はありますか。はっきりと聞くとしたら、あとどれくらい、ご自分では頑張って生きようと思っていますか」

「はい」

母の返事は私が一人で病室にいるときに比べれば意識とつながっているような響きがあった。そして言うことも、いかにも母らしいことだった。

「わたしは、もう、そんなに長くなくていいと思ってます」

「うん、具体的にどれくらいかな」

医師の口調は時々、小児科のお医者が熱のある子供に語りかけるようなものに変わる。鼻の下に髭を生やした、痩せた男で、外で出会ったら、あまりお金があるようには見えない風貌だった。

「少し娘と話します。あと、一つだけ書いておきたいものがあります」

「手が、まだ動かせますか」

医師に問われて、母は手を少し持ち上げ、すぐにおろして、短く息を数回吐いた。重量挙げのような負担があるのが、見ていてわかる。手に髪の毛が一本張り付いていたので私はそれを取り除いた。母の顔が産毛で覆われて見えたので、普段の母はこまめに顔を剃っていたのだと思った。母の髪は、私の部屋にきたときからさらに半分ほどに減って見える。放射線を当てるような治療や副作用のある投薬をもうしていないのに不思議だ。髪の先から、生きることへの諦めが増殖しているのだろうか。

「疲れちゃったかな、なるべく、あれやっておきたいなあっていうことを数日のうちに思いついたらするようにしてください。そのために助けが必要なら、お嬢さんでも、わたしたちでも、言ってもらえればできる限りのことはします」

医師の勝手によって、私もできる限り助けるためのグループに編入させられた。私にできることの範囲で、母を救うような行為はおそらくない。

「はい」

母は返事をすると一度目を閉じた。母の目をしっかり見ていた医師は母の方に視線を少し残しながら私の方に身体を向けて、最後に視線もこちらに向けて、小さく会釈した。廊下に出ていくのだと思って、私は見送るような形でドアの方に近づいた。ベッドから見えない位置まできて、あいた扉の廊下と部屋の間あたりに立って医師は、あとはもう、深夜でもなるべく電話が繋がるようにしておいてください、今夜かもしれないし一週間後かもしれません、と言った。私の前で笑顔を作ってナースたちも廊下へ出た。思えば、わたしたちのような母娘が居座るには、この病院も病室も清潔で贅沢で広々としている。札束をくれた男が母があとどれくらい生きていると思っていたのか知らないが、母の身体の値段は、それなりに高かったのだろう。色が白くて、いかにも男好きのする形をしていたのだから。

医師たちが去った後、私が近寄ると、母は目を開けていた。私の顔を見るわけではなかったが、私に向かって話をしようとしていた。母は私の部屋を出てから、何か具体的な、林檎ジュースが飲みたいとか腰が痛いとか、そういうこと以外に、何かをうったえようとしてきたことはなかった。

「ねえ、タバコやめた?」

どうしてか意識がはっきりとしている母が少しだけろれつがあやしいながらも聞き取れる声でそう聞くので、私は、やめるよ、と答えて、答えた瞬間、病院の前でタバコを吸ってから入らなかったことを後悔した。昼の前に一本は吸いたい。母も、少なくとも私が母と暮らす部屋を出ていくまではタバコを吸っていたし、そのタバコで私には火傷ができた。私も母もそのことを忘れてはいない。

「やめなさい」

母の語尾はいよいよはっきりと発音されていた。唇が乾いているので、眠ったらリップクリームを塗ってあげようと思った。顔の産毛はもう気にならないのならいいだろう。窓の外は明るかった。ホストの住むマンションから通りに出た時と同じ、気持ちの悪い青白い空がこの病院からも見えた。

「わからないことを、わかっちゃダメだ」

一層声を張って、母が言った。

「え？　どういう意味？」

「わかることだけを、わかりなさい」

私の質問への答えなのか、私の質問を無視したのか、どっちともとれるようなことを言って、再び目を閉じた母は、少し笑っているように見えた。目を閉じたまま、わかることだけをわかりなさい、ともう一度繰り返して、口をつぐんだ。鼻の下には酸素のチューブがかけられている。死に際というと、もっと色々な管や針で身体の自由を奪われている印象があったけど、かなり前から死ぬことが決まっている母を拘束するものはほとんど何もなかった。何か会話を途切れさせてしまいたくなくて、私は気づけば口を開いていた。

「ありがとう。ねえ。私のこと、そんなに嫌じゃなかったんでしょう」

私は語尾を上げずに質問調のことを口にしていた。幼い頃から、母は私を時々無視した。ただ置き去りにされたり、どこかに閉じ込められたことはない。母の書く詩を、私は好きではなかった。狭い部屋に女二人で、一人は子供で、どうしたってランドセルやプリントなどが乱雑に散らかっていく。そういう生々しい散らかりや生活感を無視した詩を、私は美しいとは思わなかった。小さなクラブのシンガーをしていた、畳の部屋に住む女が紡ぐべき言葉ではないような気がしていた。でも母の描きたい世界は畳の生活ではないようで、窓から張り出した、ベランダというにはあまりにも小さい吹きさらしのスペースに植えたハーブと、その後ろに広がる凡庸な街の光景が消えかかる夕方以降の暗がり、それらごく限られたものだけを愛しているように見えた。少しだけど、母と暮らした部屋からは川が見えた。母が原稿を書いているときには話しかけない決まりがあったが、ぼんやり川を見ている時は、原稿を書いている時間に含まれるのかどうかわからず、結局私は話しかけなかった。青果店だけではなく、母は住んだ街も、住んだ部屋も、嫌いなのだと思っていた。

十代になってからは母と二人でいるのは怖かった。母に焼かれた肌は、最初のうちこそ友人に見せて同情を買うこともできたが、家を出てからは長く人に見せたことがなかった。最初の飲み屋に勤めたときには私の刺青は未完成で、肌を露出するドレスではなくスーツで接客する店を選んだのはそのせいだった。タバコを押し付けられた痕はまだ我慢できたが、腕の後ろと肩の不可解に爛《ただ》れた痕は、他の誰の肌にも見たことのない形をしていて、恥ずかしかった。十七で家を出て、人に見せたくない身体で暮らしていくのは大変だった。地元でつるんでいた友人たちの多くは男と暮らすか、男の金で暮らしていた。飲み屋に勤める地元の先輩が、部屋を又貸ししてくれなければ、ホームレスになるか、母の部屋に戻っていたかもしれない。

パチンコ屋でも居酒屋でも働いたが、それではいつまでも先輩の家を出られないので、処女のまま飲み屋で働き、二十歳を過ぎて、火傷の上だけでなく、いくつか別の刺青が完成して、初めてセックスをするようになった。それでも、二の腕の後ろの特にぼこぼこと腫れている部分を触られるのが怖かった。記憶の中で、私に火を押し付けている時の母は酷く必死な、周囲が見えていないような、焦っているような顔をしていた。怒りではない、と私は感じていた。私に対して怒っているわけではなく、しかし何かに必死だった。私は飲み屋の待機席で、時々その顔を思い出した。どんな飲み屋で働いているのか、母には多少想像がついていたかもしれないが、結局私から言ったことはない。

「もうすぐ話せなくなるね」

私がそう話しかけると、母は目を開けて、私の方を見て、そうなの、というようなことを言った。口調は少し、麻薬でぼんやりとしたものに戻っている。

「産んでよかったの」

ろれつが徐々に回らなくなる口で母がそう呟いた気がしたので、私はそれが質問だと思って念のため聞き直した。

「産んでよかった。パパにもそう言った」

母が死んだ私の父をそんな名前で呼ぶのを聞いたのは初めてだった。

タクシーが建物の前に止まったので、バランスを崩しながら外に出ると、空が完全に夜明けから朝に移行した後だった。冬と呼んでいい冷たく澄んだ空気が、月が変わったことを物語っている。レザージャケットの丈が短いので腰が寒い。

マフラーをしてくればよかったと思った。

建物の裏手に回り、駐車場の奥にある重たい扉を開けて、その扉のすぐ横の内階段を三階まで登る。重たいはずの足は思ったより軽快に階段を一段一段踏みつけて、ヒールが鈍い音を立てていた。登り切って廊下に続く重たい扉に体重をかけ、金属の軋むような音を鳴らした。夜ごと、この扉が閉まり切る前に鍵を差し込んで左に回して帰っていた。ただ、両手に持った荷物があるので、今はそれができない。扉がゆっくり閉まるのを、あえてその場に立ったまま焦らず観察し、扉がきちんと閉まる音までしっかりと聞いた。その音を間近に意識して聞いたのは初めてだった。片方の手に持った荷物を下に置き、ハンドバッグを開けて鍵を取り出し、今度は自分の部屋のドアの錠に鍵を差し込み左側に回して鍵の開く音を聞く。軋む音と鍵の回る音のリズムの中で暮らしていたときには聞こえなかった音が色々と聞こえる。別に、何か不快なものがそこにあるわけではなかった。

床に置いた荷物を再度持ち上げ、そのまま玄関の先の部屋の中に置いた。浮腫《むく》んで痛い足からヒールを手でもぎ取って適当に玄関に落とし、それを両足繰り返して、ハンドバッグの紐を肩にかけたまま、洗面所に向かった。鏡に映った顔は疲れてはいるが、肌の調子は悪くない。もう二十時間くらい何も食べていないので、身体が飢えていた。手をハンドソープで洗い、前日の朝に使ったバスタオルで拭って、荷物を全て持って低いテーブルの前に座った。

タバコに火をつけて煙を吸い込むと、すぐに小さく目が回った。テーブルの上に置いてあった、未開栓のペットボトルを捻って開けて、喉の奥にお茶を流し込んだ。腰が冷えて、なおかつ鈍い痛みが未だ続いている。

ホストの部屋に泊まった翌日に病院から家に帰ってみると生理がきていた。セックスをすると生理が予定通りくることが多い。一日目と二日目の経血の量と下腹部痛が酷いのだが、四日目の今日も時々下腹部と腰が痛む。二十歳を過ぎるまで、生理不順だと思っていたが、しばらくして月に一度でもセックスをすればほとんど規則的に生理になることがわかった。エリが死んでから、店の客も含めて誰とも寝ていなかったので、おそらくホストの肉体が身体にめり込んできて、身体が慌てて反応したのだ。

片方の手に目一杯持っていた紙袋と母の使っていた鞄二つを、私はとりあえずそばに置いてタバコを一本吸い切った。歯ブラシやコップはすぐに捨ててしまってもいい。川の見える部屋の掃除と退去の手続きにも行かなければいけないが、おそらく保存すべきものや棺桶に入れなくてはいけないものはごくわずかだろう。母は無駄にものを保存する性質ではなかった。紙袋には、数日前に母のところにも回ってきた病院専属のマッサージ師がくれた小さなブーケが入っている。私は、私の記憶にある限り、母が長く外出時に仕事道具を入れて持ち歩いていた鞄の方を引き寄せた。

昨日、病室の母は眠らなかった。眠ったタイミングで病室を出て、自分の部屋に戻っていた私は、眠らないのであれば病室を出られなかった。もう言葉は一切発しておらず、血圧と体温は下がって、時々していた酷く音の出る息をずっとしていた。医師たちが時々きて、血圧などを測って、酷く人間味のない数字を私に教えて、またきますと言って病室を出ていった。途中からは看護師だけがやってくるようになり、一度は痰を吸ったが、他は様子を見るだけだった。死ぬのを待たれていた。

一度手を握ると少し握り返して、普段より真っ直ぐ私を見たが、短く途切れる音の出る息を聞くだけでは、何をうったえようとしているのかわからなかった。

手を離すと息の音がより大きくなるので、私はほとんどずっと手を握っていた。息の間隔がいよいよ長くなると、看護師がほとんど部屋の入り口のところに張り付くように待機していた。別にもう母は何か機密事項を囁くようなことはないのだから、どうせだったら中に入ってくれればいいのになどと思った。一度大きな息を吸って、息が止まった。看護師が入ってきて、私に向かって何か言おうとしたら、もう一度だけ大きな息を吸った。それが最後の息で、私は看護師の発しかけた言葉に気を取られて、その時の母の顔を見ていない。視線を戻して、しばらく見ていると、顔色も表情も、明らかな死人のそれに変わっていった。

限界だった尿意を我慢しながら、看護師の死亡確認を聞き、看護師が身体を拭いている間に、部屋に備えられたものではなく、廊下にあるトイレに行った。トイレに入る瞬間は急いでいたので見ていないが、用を足して出てきて鏡を見ると、私の目はクラブで幻覚系の錠剤を割らずに一錠丸ごと嚙み砕いた時のように見開いていた。病院で薬は飲んでいないし出かける前にも栄養ドリンクしか飲んでいない。母の痛み止めの麻薬が身体に吸収されたのかもしれないと思った。私は酷い顔をしていた。

帰ってきて見た鏡に映っている顔はいくらかましだった。未だに目はやや不自然に見開いているものの、目の下の不自然な窪みや瞼のえぐれた感じは無くなった。母の鞄はおそらく最後の入院で一度も開けられていないのだと思い、ファスナーが硬くなっているのを承知で強く横に引くと、最初の引っかかり以外は思っているよりずっとスルスルと開いた。ノートや筆記用具や数冊の本、ノートパソコンと充電用のアダプタが入っていて、パソコンはしばらく充電しないと電源が入らないようだった。

ファスナーを開いて最初に出てきたノートはそれほど古いものではなく、最初のページの日付を見る限り、病で死ぬことがわかってから使い出したものだった。時折字が極端に乱れるが、問題なく読める箇所もあった。罫線がない真っ白なノートの各ページに書かれている文字は限られていて、大体が数行のメモ書きのようなものだった。所々にタイトルのついたものもあって、短くてもそれは何か詩なのだろうと思う。歌詞のようなものもあった。母が書いたと言われればそうで、そうでないと言われればそうでないようなものが多かった。小さなスケッチがついているものもあって、目立ったのは猫のイラストだった。母も私も猫を飼ったことがない。

ページを繰るにつれて、日付に少し驚いた。私の部屋にいた母は、布団で微睡むか、何かほんの一口食べるか、トイレに立つくらいしかできないほど弱っていたが、私の部屋にいる時に書かれたものが多い。病院のベッドでは最後の詩を書き上げられないと言い、私の部屋にやってきた。しかし部屋に入ったときにはもう、生命の維持以外の何かができるような気力も体力も無くなったのだと、思ったより早くそれがきたのか、最初からほとんど詩など書く気はなく、私と数日過ごすことだけが目的だったのか、そのどちらかはわからなかったが、そのどちらかだと思っていた。書く気があったのかなかったのかわからないが、その最後の詩には手をつけずに逝ってしまったのだと思っていた。

私が病院に送っていった日付が近づき、タイトルのついたページがあった。題名らしき文字は片仮名でドアとある。

――もうすぐ夜がやってきます

――いいですか？

空白の数行が空き、残り三行が続いていた。私は読みながら、二の腕の後ろを何度も何度も撫でていた。あれだけ気になっていた凹凸が、今度は急速に指の腹で見当たらず、もうそこには腫れも窪みもないように思えた。皮膚にあたり、わずかな音を立てる火のイメージを膨らませても、以前のような疼きは起こらない。

——ドアがパタリとしまりますよ。

——ドアがしまるとき、かいせつは　いりません

——できれば、しずかにしまるといい。

グレイスレス

ああ、嫌だわ。

そう言った母の右手は白い壁にはっきりとついた痕を伝い、一度壁から離れて今度はその痕の端に二、三度強く押し付けられたものの、少なくとも細い指の腹で擦《こす》られた程度では痕が薄れたり変形したりする様子はないのだった。六歳になる少し前に突如、北側を山に南側を川に面した鬱蒼《うっそう》とした家に連れてこられた私は、母の登った脚立が赤い絨毯の上で不安定のような気がして必死に片側を押さえながら、アーチ型の玄関扉の真上の壁にできた十字型の枠痕と、枠の中で一際白く光る壁を見上げていた。日によっては汗ばむような五月の半ばのことだったが、日射と騒音から完全に遮断されるように設計された家の中はしんとして冷たかった。前日に初めて登ってみた、家から見えるほど近い塚の長い階段から見下ろしてみても、背の高い樹木の中に見え隠れする家は静かで暗く冷たく見えた。塚は何百年も昔に幽閉され殺された皇族を祀ったものらしかった。

運び込んだ荷物を最低限整理し、玄関ホールの書棚にあった聖書や仏文学の原書の類を地下室に運び込んだ後、朝食を食べながら今日こそあれを外そうと言った母は、父から貰い受けた翌年には築二十年になろうという家が概ね気に入っているようだったが、中央に吹き抜けのある玄関ホールの内側から見上げるとどうにも目につくそれだけが彼女の満足を阻んでいたらしく、朝食の食器を片付ける間も無く玄関ホール奥の納戸から脚立と工具を運び出してきた。上下二箇所から外した留め具を脚立の下にしがみつく私に手渡した母が左手で握っていた十字架には、近くで見ればところどころ白い埃《ほこり》が湿度を含んで固まっていて、ぐったり張り付けられた男の冠部分は特に汚れていた。十字架を握ったまま再度壁の痕を指で触り、母は気を取り直したように脚立を降りた。黒いワンピースの裾が足を絡め取りそうになるのを私は脚立を一層強く押さえながら見ていた。それまで真白く見えていた周囲の壁は、十字の枠の内側と比べるといくらか黄ばんで見えたが、母は満足したようだった。

どういうわけか父の持ち物となっていた家を建てたのは父方の祖母の妹、つまり彼の叔母にあたる人で、心身ともに弱かった祖母に代わって、子どもを作らなかった彼女が幼かった父の面倒をみてくれたのだと聞いた。早くに夫を亡くして自分一人のためだけに建築家に広い家を設計させたその人も、六十を過ぎた頃には病床にあった。その人が病院に入ってから私と母が入居するまでの数年間は空き家として、父が時折簡単な掃除や空気の入れ替えのために訪れていたようだった。仏語に長けていたというその人に私は会ったこともなく、後に亡くなったという知らせだけ聞いた。

離婚時に、それまで三人で暮らした都心部のマンションではなく、そこから車で一時間半ほどかかる場所に建つ家を貰うことを選んだのは母の方だ。その年の三月に当時の自宅付近を通る地下鉄で起きたテロ事件が関係しているのかはよくわからないが、おそらく外壁の煉瓦タイルが気に入ったというのが主たる理由なのだと思う。その外壁と屋根に使われる玄昌石のせいで、家は実際より古びて見えるのだが、古道具の類を集める母の好みとは合致していた。渡英を控えていた父は売却や取り壊しをしないという約束で家の譲渡を了承したらしい。それから母が出ていくまでのほぼ十三年間、風呂場の窓枠の木が朽ちたり、一階の応接間の雨戸の留め具が錆び付いたりすることに対処しながら、この家で二人で暮らした。幼い私を悩ませたのは、風呂場にどこからともなく入り込んだり、寝床の天井から落ちてきたりする百も足のある虫だったが、母は比較的勇敢にそれらを菜箸やトングで捕まえては外に逃していたし、私もそのうちそういった作業に慣れていった。二階ベランダに大きな蜂の巣ができたこともあったが、百足《むかで》に比べれば大したことではなく、蜂の飛ばない夜の間にビニール袋と殺虫剤で対処することができた。玄関ホールのガラス戸付きの本棚にあった奇妙な古い人形や、吹き抜けの二階へとつづく階段に架けられた無名の作家の油絵は、十字架のようには母の目に障らないようで、幼い頃は不気味に思っていた私もついに見慣れてしまって、今でも飾ったままにしてある。

毎朝起きるとすぐに一度台所の勝手口から表に出て、玄関ホールを囲むようにあるそれぞれの部屋の雨戸を開けて回る。これは母がいた頃から一貫して私に与えられた役回りで、彼女がごく稀にしか帰ってこなくなって十年近く経っても、一日も休まず続けている。出てきた扉から再び中に入ると、あまり奥まで入って来ない控え目な日の光が、人形や油絵と共に、かつての家主が信仰したのであろう壁の痕を照らし、私はちっとも色褪せないその痕を確認してから、洗顔など仕事に向かう準備に取り掛かる。

　自分の膝のあたりを見てくれる、と言って、斜め下に伸びた睫毛《まつげ》を金属製の小型の櫛で何度もとき、生え際にこびりついた精液をできる限り残さないように掻き出す。乾いた精液と共に睫毛に塗った耐水性のマスカラが櫛に付着し、白と黒の細かい粒子が金属の隙間を埋めていく。左の睫毛を二回、右の睫毛を三回といた櫛を濡れたティッシュで拭うと乾いた白いそれはわずかに臭いを放ち、滲んだ黒い化粧品と一体となって濃淡のまばらな汚れになった。

　机の上に置いた屑入れにティッシュを投げ入れ、今度は目線を天井に向けるよう促す。幕が開くように睫毛が上に開いてゆき、同じ速度で眼球が極限まで上に回転するのを待っていると、縁取りのあるコンタクトレンズが少しだけ眼球の上を滑り、それまで完璧に覆われていた黒目の端が赤茶色の縁から少しはみ出して、やがてその端は上瞼《まぶた》に隠れた。整形手術で切開されたのであろう目頭の皮膚にも、白く乾いたものが残っていた。

「目に入らなかった？　もし入ったならやっぱり洗ったほうがいいよ、精子大量に浴びて、次の日酷いものもらいになった子もいたから」
少し濡らした綿棒で下瞼と目頭にこびりついた精液を拭いながら、私はほとんど白目を剝《む》くほど生真面目に天井を見つめる彼女に言った。十年前、大学を一年足らずで辞めてこの業界で化粧師の仕事を始めた頃は、ポルノは基本的に二日間に亘って撮影されていた。初日にきちんとアレルギーや肌質を確認してから化粧品を選ばないと、翌日の撮影時に肌を荒らしてしまうので、低刺激の化粧品を多く揃えていた。無料動画が増えるに従って一本のビデオにかける予算が年々切り詰められていく中、撮影を一日で終わらせることが増え、それゆえにポルノ女優の一日はとても長い。

顔にあちこち他人の体液がこびりついているにもかかわらず、最低限の化粧直しで良い、と主張した彼女も、できれば日付が変わらないうちに全ての撮影を終わらせて帰りたいのだろうと想像する。新人の女優であれば一旦顔を洗って一から化粧することになっていたはずだ。精液をかけられる撮影の前の化粧直しの時間に電話していたのを必然的に盗み聞きしてしまったが、どうやら同居する恋人と何か揉め事があるようだった。

「目は閉じてたから大丈夫。それくらいのバイ菌に反応しないよ、先月なんてバケツ一杯飲みながらかぶったんだから。擬似精子でかさ増ししてね、それが余計気持ち悪いの。ローションのぬめりと練乳の甘さが精子の匂いに勝つくらい大量に混ざってて。夜にお腹痛くなって若干吐いたけど、目は平気だった。コンタクトのおかげもあるかな」

「ああ、それ度が入ってるレンズではないのね」

「うん、とっくにレーシックで矯正してる。目が大きく見えるのと、精子よけ」

もういいよ、と言って綿棒を屑入れに投げ入れて、極限まで上向きになっていた彼女の瞳の前で、視線をもとに戻すよう手を上下に軽く振った。何度か遭遇したことのあるこの日焼け肌の女優は、二年目からベテランと呼ばれるようなポルノ業界で、すでに三年以上仕事を続けている。デビュー当時に一度化粧を担当したときには、白い肌にセミロングの髪を焦茶に染めた、ごく一般的なポルノ女優の装いをしていたが、所属事務所の禁を破って、おそらくもともとの彼女がそうであったように、金髪と黒く日焼けした肌に変えてからは、月に五本は出演を続けられるほどの人気を保っている。高い出演料を取れるわけではないのだろうが、一日に詰め込まれた撮影を効率よくこなし、撮影中に文句を言ったり泣いたりしない彼女のような女優は重宝される。

「ここ気になる?」

私は鏡越しに彼女の目を見ながら、化粧筆の後ろ側の先で右の目尻の睫毛が数本抜けている箇所を指しながら聞いた。マスカラがやや剝がれたせいで、神経質に観察すれば左目よりも睫毛の密度が低く見える。彼女は目を大袈裟に見開いて黒目をわずかに左右にずらしながら、化粧筆の指す目尻を左と見比べ、全然、と言った。

「睫毛の間隔が一箇所空いてるってこと?」

「そう、多分毛周期で抜けてるだけだろうけど、さっきさらに一本か二本抜けてたから、気になるなら小さいつけ睫毛切って使ってもいいよ」

「全然気にならないよ、私的には。動いてる映像じゃあ全然わからないでしょ?」

「そうだね、そもそも顔は左右対称じゃないのが普通なんだけど」

「そうだよ、睫毛くらい抜けるよ、CGじゃないからね」

CGと彼女が言うので、私は小さく鼻から息を出して笑った。彼女と最後に顔を合わせたのは半年前、大手メーカーの忘年会に少しだけ顔を出した時だった。居酒屋に毛が生えたようなパーティー会場の最も目立つ場所にコの字に並んだソファ席で、いっそ全てのポルノをCGアニメにしたらどうかなんて言ったのは制作会社の社長だ。女優たちは笑えない冗談に付き合いで笑っていたが、日焼け肌の彼女は笑っていなかった。

「あの社長腹立つ。前にも、今のドールの肌は女優より綺麗だとか言ってたんだよね。そのうちドールに仕事取られるのかな」

今度は綿棒に乳液をつけて彼女の小鼻横と唇の下の白粉を部分的に落とす。顔の産毛を脱毛しているせいか、汗をかくと凹凸のある部分に白粉が溜まってしまう。大したことではない。私が何度でも直せば良い。

「CGにせよ、ロボットにせよ、そうなったら化粧はいらないから、私も廃業だね」

ティッシュで肌を押さえながらそう言うと、女優は救済と排除に忙しない世相について一つ、二つ文句を言った。二年前にこの業界ではそれなりに名の知れた男が二人逮捕されてから悪しき業界への批判が止む気配はない。当初は報道を大袈裟だと一蹴していた人々の間にも、しばらくすると自分だけが生き残ろうとする醜い空気が漂い始めた。救うべきものと見做《みな》されつつある女優たちの中には、醜業婦と呼びながら手を差し伸べるような無邪気な善意に敏感な者もいる。

化粧台に向かって真後ろの扉が開き、助監督の女性が顔を出した。化粧直しを急《せ》かされるのかと思ったが、夕食の出前の確認だった。扉横のよく軋《きし》むベッドに座り、メニューを二枚見比べて、カレーか沖縄系の弁当かと提案してくる。どっちでも、と言いながら女優はメニューを受け取り、カレーなら普通のチキン、沖縄ならタコライス、と一番上に写真付きで書かれた料理をほとんど自動的に答えた。助監督は黄色いシーツと布団カバーがかけられたベッドをわざとぎいぎい鳴らして、私にも希望のメニューを聞いた。消毒してすでに白粉用のスポンジを持っていた手を汚したくなくて、メニューを受け取らずに同じでいいよ、と答え、ちなみにあと十五分弱でいけます、とも言った。

「予定より巻いて終われそうだよね」

扉の向こうで助監督が女優があと十五分で撮影に入れる旨を叫ぶ大声が聞こえ、女優は化粧直しの邪魔にならない角度で電子煙草に手を伸ばしながらそう言った。

前を結ばずに羽織った薄手のバスローブがはだけて、陰毛が見え隠れしている。

「これくらい広いスタジオだとメイク室の移動もないし、こっちはありがたいよ」

顔の油分を白粉で軽く抑えたあと、精液を拭いたせいでまばらに落ちた目の周りの色味を少し足しながら私は答えた。出演女優が一人で、撮影現場が広ければ化粧師の負担は少ない。いつでも化粧直しに入れるように撮影中もずっとカメラの後ろに控えていられるし、女優にとって唯一の休憩所となるメイク室を幾度も整えなくて良い。

「昨日の夜、彼氏がごねて、しかも今日水曜でしょう? 向こうが休みだから多分家でずっと悶々としてるんだよね。パチンコでも行って気分転換してほしいよ」

私の化粧筆が動くのに合わせて器用に目を上下させながら、もう別れようかな、と彼女は言った。珍しく携帯を手に持っていないのは、おそらく二時間ほど前に電話を切ってから、電源を落としてベッドの奥のトートバッグの中にしまっているからだ。電子煙草の燻《いぶ》したような匂いを不快に思いながら、付き合ってどれくらいなのか聞くと、まだ三ヶ月も経っていないという。

「今は不動産屋の営業してるけど、うちが結構前に働いてたキャバクラの店員の連れで、彼氏も私が辞めたあと、一瞬その店でボーイやってたんだよ。大学卒業間近の時に。それなのに付き合ってうちに転がり込んできた途端に、親に紹介できないのが辛いって言い出す」

口紅を塗る前に私がドライヤーの電源を入れたので、彼女は声の音量を数倍上げて続けた。

「うちあんまり良い子じゃないから、めんどくせって思っちゃうんだよね。そもそも彼氏の親に会いたいとか思わないけど、別にうちの仕事なんて言わなきゃわかんないのにね」

耳たぶの後ろの髪にも少量の精液がついていることに気づく。髪をまとめていたピンを外し、ついでに濡れティッシュで精液を擦りながら、根元がやや黒くなった髪全体にドライヤーの風を当てる。頭頂部からブラシを入れると、生え際の黒と、白色近くまで脱色した毛先の金髪の間にも、幾重にも染め直した色が見えた。一瞬だけ再び扉が開き、先ほどの助監督が、こっちいつでも大丈夫です、と早口に言って扉を閉めた。化粧直しをしている机の横には白いペンキが塗られた悪趣味なテーブル・セットがあり、その上にちりばめるように置かれたお菓子やサンドイッチの類に、女優は朝から一切手をつけていない。

「一応大学出てるんだよ、私も。ちゃんと卒業したの。一流とは言わないけど彼氏の通ってたところよりはマシなとこ。でも、それ言ったら就職しろって言い出しそうだから言わない」

彼女の口から出た大学名はやや意外に思えた。偏差値の高い学校を出た女優は幾人も見てきたが、ミッション系の有名女子大と、一昔前の不良娘を彷彿とさせるような彼女の装いはどこか不似合いな気がする。実年齢は二十四歳のはずだから、卒業を待たずにこの世界に入ってきたのだろうか。

私も入学時には大学というものにそれなりの期待を持っていたが、最初の数ヶ月で手渡されたのは、あまりに膨大であまりにくだらない授業と、頭の悪い人向けに簡略化して書かれた入門書の類で、秋学期は一度も授業には出ずに、唯一名残惜しかった素晴らしい蔵書の図書館にいくらか通って、化粧師の仕事が忙しくなるにつれそれもやめてしまった。ちょうどその頃、世界は米住宅市場の悪化を発端とする金融危機によって混乱を来していたため、家庭の経済状況によって退学する学生のように思われたのかもしれない。早期に会社を部下に譲ってさっさと海外移住していた父も、特定の宗教の広報関係以外はポルノでも料理本でも何でも素早く正確に訳すことをモットーとしていた母も、金融危機とはあまり関係のないところにいた。確か年度末までの学費は払っていたから、ちょうど一年で退学したことになるのだろうか。大学に入って初めて、それまでの母の教育が良質なものであったとわかった。

ドライヤーの電源を切ると、彼女は勢いよく立ち上がって、使っていない長椅子の上に私が先に揃えておいた次の衣装を、これでいいんだよね、と言いながら纏《まと》い出した。バスローブを投げ、ブラジャーをつけずにグレーのキャミソールを着て、ほとんど何も隠れない透ける素材のタンガ・ショーツをつけ、よく伸びる素材の蛍光色のタイトなミニスカートを穿いた彼女は、スリッパのまま扉を開けて次の撮影場所となる一階のダイニング・セットのあるキッチン横の部屋まで降りていく。腰に巻いたポケットの多いポーチの中身を一応確認し、ピンヒールの厚底靴を手に持って追いかけると、無名の男優が二名すでに下着姿でカメラの前に立っており、私は急いで厚底靴に女優の足をつっこんで、カメラの後ろに陣取った。あえて下着が見えるように股を開いてしゃがんだ彼女を挟むような形で男優たちが立ち、彼女の顔は両脇から伸びる二本の性器によって、時折上下に切断されたように見えた。

朝、二階で目覚めると庭から笑い声とも歌声とも取れる高い声が聞こえ、目を閉じたまましばらくじっとして、それが祖母の発声だとわかった。オペラ歌手を名乗っていたものの、実際の収入のほぼ全ては子供たちの親から支払われる歌のレッスン料だった母方の祖母は、母と入れ替わりでこの家に住むようになり、それ以来庭の一画でレモンや山椒を育てている。川に沿って北向きに伸びる庭は、ただ広いだけで家と同じように日当たりが悪く、それまでは一面固い土に緑の苔が敷き詰められるように生えているだけだった。祖母は母が残していったイタリア車でホームセンターに通い、建物から離れた辛うじて日が差す区画を花壇のようにして出来の良い野菜やハーブを自慢してくる。私は特に協力的ではなかったが、徒歩圏内に食料品店などないこの家で自家栽培は理にかなっている。実際、祖母の作るレモンジャムなどは美味しかった。

身体を縦横に伸ばしたり捻ったりしながら布団から出て、時間を確認するとちょうど朝八時を回ったところだった。仕事を入れていない日は大体同じ時刻に目が覚める。部屋を出て、階段の踊り場にある細長い二つの窓から差し込む頼りない光で照らされた玄関を吹き抜けから見下ろすと、半分ほどまでいい加減に開け放したそこからも控えめな光が差し込んでいた。一階と同じように、やや狭い二階も吹き抜けを囲むようにして、母がギャラリーとよんだ書棚の並びがあり、それのさらに周囲に小部屋が配置されている。父の叔母が、海外の仕事も多い建築家に新居の相談をした際、最初に語った小説のイメージがそのまま生かされているのだと聞いた。小説の主人公は円形の島の夢を見る。島には五辺形の建物が建っていて、中央に白い大理石の丸い部屋があり、その周囲を五つの小部屋が取り巻いている。当初は単純に相談に乗っていた建築家はどうやら、参照された小説の中に描かれる構図を新しい家の設計に落とし込んでみたいという思いに駆られたようだった。

高校時代、母に手渡されて読んだその小説では、その建物は淫売屋であった。

夢の中で主人公を島に連れてきた女船頭たちは、波止場や海辺で客を探す役目を持っていた。中央の円形の部屋にいると、周囲の五つのドアの下から快楽に疲れ切った男女のため息や喘ぎ声が聞こえてくる。赤は絨毯ではなく、壁掛けと鏡に使われていた。それぞれの部屋の薔薇色の寝室に、全く新しいタイプの娼婦がいた。人々が女が死ぬのを観察するような慣習の土地についても記述されており、そこでは人妻も十五歳以上の娘も、男たちの視線に晒されながら、建物の中の円形の空間の中で死ぬのだった。その時、広場は男だけのものになる。母が幻想的で美しいと言ったその作家は、フランスではポルノグラフィの収集家としても知られたらしい。私は幻想的とは思わなかったが、映画化された作品には好きなものがある。黒を纏った娼婦が美しかった。

雨戸を開けがてら勝手口から北側に回って庭に出ると、祖母はいくつかの異なる柄の布を凝った方法でパッチワークしたようなスカートを穿いて、ホースの端を持って発声練習のような単純なメロディを歌いながら踊っていた。だらしなく髪が乱れた私の姿を見つけると、歌声のままメロディに乗せておはようご機嫌いかがと聞いてくる。初めて会えばやや気が触れたように見えるのかもしれないが、私の知る限り、祖母はずっとこのような人だった。私が生まれる前に他界した父方の祖母も、父の実質的な教育者であるこの家を作った婦人も、父の言葉の中でしかその存在を知らない私にとって、おばあちゃんという語に想起されるのはソプラノの歌声と、現実離れした衣装のこの女だけだ。

苔が生え茂る庭にはちょうど大人の歩幅の平らな石が規則的に並んで道を作っている。玄関の横から続くその石は幼い私にとってはケンケンと片足ずつ乗せて飛び跳ねる遊びに適していたが、一本道は川へ続く崖の手前で終わっていて、一体どこへ繋ぐために作られたのか、今となっては不思議だ。平らな石を器用に避ける足取りで苔の上を軽やかに踊り、朝ご飯に使えないかしら、と言った祖母の手にはバジルの葉が数枚握られていて、匂いの強い香草は朝食に不向きのような気がしたが、トマトも少し摘んでいいかと聞いて、チーズと共にトーストにのせて焼くことにした。祖母も料理を作るが、休みの日の朝食は大抵は私が用意する。初夏の庭は蚊が多い代わりに苔は青々しく、家の敷地を囲む塀がわりに生い茂った背の低い木々は青に近い碧《みどり》に光って、一年中燻《くす》んだ赤茶色をしている建物との対比が鮮明になる。特に祖母の野菜やハーブが植わっている一画は、水滴に朝の日差しが反射し、とてつもない生命力に溢れて見えるのが可笑しかった。それにしても、家の中に現れると今でも私を驚かせる百足にせよ髪切虫や蜂にせよ、外で見かける分には全く気にかからない理由が私にはよくわからない。

すでに植物への水やりを終えている様子ではあるものの、草花や鳥に機嫌よく話しかけている祖母を庭に残し、私はバジルとトマトを受け取って、全ての雨戸が開いたことを確認しながら勝手口の方へ再び回った。台所に入り、ダイニング・テーブルを通過して玄関ホールに来てみると、玄関扉に向かって左側の応接間の雨戸が開いたせいか、先ほどより幾分明るい室内で、白い壁の黄ばみや書棚についた傷は鮮明に見えるようになり、扉の上を見上げると、幼い時に母が外した十字架の痕が、今もはっきりと残っている。それでも、外した直後には周辺の壁に比べて真新しい白に見えた枠痕の内側は、おそらくその時よりもだいぶ燻んでいるのだと思う。ここに越してきた直後、祖母は壁の痕を見上げて、そういえばカトリックだったのよねぇあなたのお父さんの家は、よく離婚してくれたねぇ、と言ったが、父の叔母がカトリックに入信したのは夫を亡くし、この家を建てた後のはずなので、別に父はカトリックの家の子供として育っていない。

それよりも私はその時、喧嘩が嫌いで父を好きだった祖母が、離婚時にはさぞ心を痛めたのではないかと聞いてみたのだった。それは寂しいと思ったわよう、と言った祖母の答えはしかし明確だった。私はねえ、あなたのママが、相談より報告にくる娘になるように育てたの。祖母のそういった態度は一貫していて、何かを買うときも服を選ぶときも私の意見を求めているようには見えなかったし、私が大学を辞めたのも仕事を始めたのも、相談ではなく報告として聞いているようだった。反対はしないまでも、不躾《ぶしつけ》に意見を投げつけてくる母より、決断について何かと祝福してくる祖母の方に、私は不気味さのようなものを感じていたし、今もどこかしらそういった奇妙な印象を持っている。

ちょうどコーヒーのドリップが終わった頃に祖母は玄関から入ってきて、お腹が減ったと言いながら台所と一つづきの部屋にあるダイニング・テーブルにかけた。バジルとトマトの上から塩胡椒とチーズをまぶして焼いたトーストと、蜂蜜だけかけたヨーグルトとコーヒーを二人分、お盆にのせて運ぶと、ヨーグルトに果物が入っていない、と落ち込んだ表情をして見せる。冷蔵庫に目ぼしい果物はなかったので、後で駅前まで買い物に行ってくると答えれば、ついでに図書館に本を返してきてくれる、と果物のことなどなかったことのように嬉しそうに言った。

　昨日、ママから電話があったのよ、夜にね、今はスコットランドにいるみたいで、冬は寒いから来年の夏にまた来るつもりだから、あなたもおばあちゃんも来たらって。奇妙な牛がいるし、イングランドよりスコットランドの方が素敵ねって言えばみんなすっごく優しくしてくれるって。来月のエディンバラのお祭りまでいるんだって。

　祖母はなぜか熱いトーストよりもヨーグルトを先に一気に食べながら、こちらの相槌を待たない速度で話す。十八を迎えていた私の大学の入学金と前期授業料を振り込んですぐ、母は英国に渡った。離婚した直後、仕事で英国にしばらく滞在していた父は一度帰国してすぐに何か大仕事を成功させてちょうど五十歳になったのを機にそれまでの仕事を引退し、英国に移住していた。数年間、数人の恋人と目眩《めくるめ》く恋愛を楽しんだ後、気づけば母の恋人は父になっていたようで、三年間の間に八回も英国を訪れていたから、いずれ本格的に住いを移すのだろうと思っていたし、私の高校卒業がその契機になることも意外ではなかった。ワタシっってサ、パパが嫌になったんじゃなくて結婚が嫌になっただけだったみたい、と言って、再婚はしないことを選んだ。キリスト教的な善悪を鼻で笑い、そのような信仰のないことを美学としていた母は、だからといって日本の慣習的な基準を愛する様子はそれ以上に皆無で、親戚の通夜の日に渡される塩は翌朝の茹で卵にかけていた。

私に頻《しき》りに英国の大学に行けばいいのに、と言っていた母は、私が大学を辞めたことを知ると、ほらネ、日本の大学にあなたが面白いと思うことなんて何もないって言ったじゃない、と得意そうに言った。私が日本に残った主たる理由は、当時化粧バンドで歌っていた男と肉体的にも精神的にも結びついていると思い込んでいたからで、いくつかの短期講座と独学で得た化粧の知識は、彼の顔に化粧するために十七の終わり頃から得たものだった。結局バンドが解散して化粧をしなくなった彼とは会わなくなり、短期講座で知り合った講師に誘われて初めてポルノ撮影に同行して以来、今の仕事を続けている。

耽美的であるとか幻想的であることを主題とした化粧バンドと違い、元ある顔の欠点を隠し長所を目立たせ、中央値と呼べる範囲に近づけるという、化粧のあまりに標準的な目的を求める今の仕事は、作業それ自体はそう面白いものとは思えなかった。ただ、初めて訪れた撮影に集まっていた、四人の、私とほとんど年齢の変わらないような女たちの顔に触っているうちに、彼女たちの愚かしく美しい顔を、より美しく整えて、より愚かに壊してみたいという執着が私の手先に育まれていった。明るく、何も問題がないように見える彼女たちは、生臭い匂いが消えないタオルで長い髪を乾かして、陰毛が見えた状態で煙草を咥《くわ》え、異様な角度に反りたった男性器を突っ込まれて、鼻水と唾液で顔を濡らしたまま喘いでいた。私の心中には、彼女たちにもっと触れたいという欲望と、彼女たちを立ち直ることが困難なほど否定してみたいという欲望が込み上げて、消えることなく今もそこにある。

私の仕事についての母の反応は、いかにも脇役っぽい仕事ね、というものだった。それからしばし考え、昔の知り合いが自主映画の制作中に若い女のクリトリスをハサミで切ったという話をしてきた。それは遠回しにやめた方がいいということなのかと聞くと、いいえ違います、と否定された。私は自分の知見から、ポルノ女優になんかならない理由を百も言えるけど、なるべきではないなんて規範を語るつもりはないわ。それに、社会の際を見てみたいなんていう好奇心は、若い人にはあまりに当たり前で、大事なことだしね。あなたが何を基準に毎日道を曲がったりドアを開けたりするかは私でも先生でも牧師や坊さんでもなくあなたが決めて。母は電話口でそう言い、でもあなたのクリトリスが抉《えぐ》り取られたら、私やパパが犯罪者になるってことは覚えておいてね、と付け加えた。早口なので口を挟みそびれたが、化粧師の私は粘膜が弱くてひどい乾燥肌なのであって、女優になる気はなかった。

ヨーグルトを平らげて通常の二倍は入る大きなカップでコーヒーを一口飲み、トーストに齧りついた祖母の話題は、一旦は上野で秋に開かれるバロック美術の展覧会に移り、一緒に行こうと私は半ば強制的に約束をさせられ、バジルは美味しいけど苗一つでどんどん増えるから活用方法を何か考えなくては、と独り言に近いことをいくつか言った。祖母の作った小ぶりのトマトは切って焼いたくらいでは形が全く崩れないほど硬く、少し青臭いが、私も祖母もこのトマトが好きだ。トーストから滑り落ちて白い皿の上にのったトマトの破片を二つ口に入れ、私もコーヒーを啜る。私のカップは早くに結婚した小学校の同窓生の披露宴でもらって、母がペアの片方をすぐに割ってしまった標準的なサイズのものだ。

あなたとも話したがってたわよ、ママ。祖母は皿の上のパン屑に指を押し当てて拾い、それを軽く舌先で舐めながら言う。メールするって言ってた。もう届いてるかもね。結構遅くまで起きてたんだけどね、昨日も帰りは遅かったでしょう、夜の運転は気をつけてね。

食器を片していると、台所の窓の向こうでトラ柄の猫がこちらを見ていたので、祖母に教えると、最近よく脱走してくる、二軒隣の家族の飼い猫らしく、祖母は煮干しとチーズを素早く摑んで猫をあやしに勝手口を出ていった。母が飼っていた猫は、彼女の渡英後は祖母のお気に入りとなって玄関ホールから二階ギャラリーまで続く赤の絨毯で爪を研いだり、時に嘔吐したりしていたが、すでに年老いており、六年前、母が英国の中心部で開かれた運動選手のための祭典を嫌って一時帰国していた最中に死んだ。祖母は根性で作った野菜畑のすぐ横に亡骸を埋め、母はその上に水仙の苗を植えた。その猫もトラ柄だった。母は知人の家で子猫が生まれたはずだと言って新しい猫を迎えることを勧めたが、祖母は操を立てると言ってその後は猫を飼っていない。私が食器を洗う窓の外でしばらくトラ猫をあやしていた祖母はそれを抱き抱えて、おそらく二軒隣の家に向かった。祖母は、昨年息子が私が辞めたのと同じ大学に入ったその家の、デザイン会社を経営する夫婦とは一緒に登山にいくほど親しい。おしゃべりに火がつけばそのまま昼食でも食べてくるだろうと思い、私はさっさと着替えて出かけることにした。

三十分ちかい道のりを歩いて駅前に出ると、すでに平日に出勤する人々の忙しない時間が終わり、バスの運転手が三人ほど固まって平和なのびをしている。買い物なら車で出ることもあるが、少し寝不足なので歩くことにしたのだ。神社の境内を通って大通りに出たところで、私の使うコーヒー・カップの引出物をくれた同窓生の父親に会った。神社の脇で小さなクリニックを開く医者で、小学校の校医でもあった。薬をなかなか出してくれない彼のクリニックに、私は成人してからは行かなくなったが、母も祖母もこの医者を良い医者だと言っている。オートバイから降りてヘルメットを外した彼は、自分の娘の名前を出して、彼女が三人目の子供を妊娠したことを教えてくれた。おばあちゃんに血圧の薬をちゃんと取りに来るように伝えて、とも言われた。音楽大在学中に彼の娘は結婚し、一人目の子供を産んだ後に卒業して地元の音楽教室でエレクトーンを教えているはずだ。車で仕事現場と家を往復する毎日に慣れてしまってから、バス停や駅で彼女の顔を見つけることはなくなった。

昨夜は効率良く動く女優と、余計な無駄話を始めない女性の助監督のおかげで予定よりだいぶ早く終わったが、それでも東京の北側に集中するスタジオから、まだ車通りの多い都心を抜けて帰ると日付が変わっていた。化粧直しの部屋で小さいスーツケース二つに化粧道具や女優に貸すバスローブなどを詰め込んで帰り支度をしていたら、ベッドの端に寄りかかるようにして床に座った女優が恋人と思わしき人と再び電話をしていた。沈痛な声を出し、鼻を啜りながら何度もごめんねと言っていたが、あまりじろじろと見ないようにして横目で確認する限り、瞳は全く濡れていなかった。赤くなっている様子もなく、精液で悪い反応が出ている様子もない。彼女はごめんねと言ったが、許されたいわけではないのはなんとなくわかった。許されたいわけでも、救われたいわけでも、肯定されたいわけでもおそらくない。単に、自分の行為と状況を、否定する言葉が見つからないのだ。

農協連の即売所で果物を物色する前に、駅裏側の図書館に向かい、祖母が借りていたらしい生物学の本を返そうと立ち寄ったカウンターで、母と仲の良かった司書の女性に久しぶりに挨拶した。以前は用事がなくても頻繁に寄って、涼しい館内で本を読んだり手紙を書いたりしたけれど、最近は足が遠のいていた。平日午前中の図書館は年寄りが多く、カウンターからすぐ近くの子どもの本が並ぶ書棚の前にだけ、学校に上がる前の小さな子どもを連れた母親が二組いる。

私は二階に上がり、哲学、宗教、歴史、建築などと書かれた書棚と書棚の間をジグザグに歩いてまわり、それを二度繰り返した後、背の高い書棚の一番下の段にある大判の本を一度しゃがんで引き抜き、書棚の奥にある細長い机の上に置いた。そのすぐ前の椅子に座り、なんとなく真ん中あたりのページを開く。机には他に、下の階にある新聞をわざわざ持って上がって熱心に読んでいる白髪の痩せた男と、何かに苛ついたように頭を掻いてノートに文字を書き付けている不潔感のある学生が両端に座っている。私は自分の棲む家を建てた建築家の作品がいつも写真付きで紹介されるこの本を、高校に入った頃に幾度か引っ張り出し、難解な言葉で綴られた思想を読むでもなく、細かな設計図に見惚れるでもなく、なんとなく眺めていた。十年以上ぶりに眺める本は思ったより文字が多い。本の後半には建築や都市におけるデザインの具体的な記述は少なくなり、仏教哲学に発想を得て、建築家自身が組み立てたらしい思想が断片的に綴られているようだった。

同じ二階のどこかで、音を切り忘れた誰かの携帯電話が鳴ったので、ふと思い出して鞄から自分の携帯を取り出し、画面をいくつか触ると、開封だけして読んでいなかった母からのメールが見つかった。きっとまたおかしな話題で始まる長文なのだろう。日本は梅雨が明けた頃でしょうか、とか、季節の変わり目に風邪など引いていませんか、とかいう書き出しを、私は母の文章の中に見たことがない。同じような意味で、襟のない黒やベージュの上着とか、下に着るニットと同色のカーディガンとか、そのようなものを身につけることもない人だった。出かける時はサイズが大きく丈の長いジャケットにパンツを合わせ、家にいるときはどこにも切り返しや折り目のないワンピースを着ていて、いずれの場合も化粧をせずにやたら大きいメガネをかけていた。睫毛はメガネのガラスに引っかかるほど長く、唇が大きかった。誰かの歩く音、職員が本を床に落とす音、比較的近くにある化粧室の扉が開いた瞬間に漏れ出た、中で流れる水の音を聞きながらメールを改めて開封する。

《ワーカホリック気味の愛する娘へ　一面のヒースで覆われたムーアは映画などで見たことがありますか。確か嵐が丘にもヒースは印象的に描かれていましたね。初夏のハイランドを車で走り続けていると何度も見かけるヒースの丘は、遠くからみれば確かに幻想的な色が一面に広がる風景なのだけど、車を降りて間近に見てみると一つ一つの草はものすごく逞しくてあまり色気がない。大切にされて期待に応えようとする上野の桜と違って、誰にも世話なんてしてもらえない荒野で、人に見てもらえるかどうかなんてわからない広い広い空に向けて咲くのだから、誇りの持ち方が違う。住民投票の前に自治政府が熱弁していた時も、Brexit が可決した時も、夏が来るたびに全ての丘で必死に花が色をつけていたなんてかっこいいでしょう。スコットランドは初めてではないけど、あなたを連れてきたことがないことに気づいて大後悔。ぜひ来年一緒に行きましょう。仕事をしているあなたのことは誇らしく思います。ただ、昔から言い続けているように、旅をする人でいてください。年に一回か、せいぜい二回しか海外に行けないようなあなたの仕事と生活が、良いものだと思えません。人はそう賢い生き物だとは私は思わない。同じ場所にいると、まるで自分の暮らしている狭い狭い世界が、唯一絶対の可能性に思えてしまうものです。男のくせに順応性の高いあなたのパパは、私がこっちに引っ越すまでの間にすっかりヨーロッパ的な考えが染み付いて、日本的考えが染み付くよりはマシかとも思ったけど、タチの悪さは同じようなものね。イエスかノーでものを見たがる。そのせいで最初のうちは喧嘩ばかり。私がかなりまともに再教育した気がしますけど。本を読むことは確かにその思い込みを解消する手助けになるでしょう。それについてはあなたは優等生でした。それでも図書館の椅子に座ってする冒険と、食中毒や高山病になったり財布を掏《す》られたりしながら彷徨《さまよ》う異世界では、あなたの思想に及ぼす影響が違います。一つの規範に縛られないでほしい。何かが正しく何かが愚かに見えても、そんなものは無限に広がる世界の中で、偶然転がり込んだ感覚でしかありません。特に日本の人が気にする世間とか社会とか、それ自体がとても狭いのよ。あ、また長くなっちゃった。あんまり長くお説教するとあなたはきっと最後まで読まないでしょうからこの辺で。おばあちゃんにも言ったけど、冬に一度戻ります。闘病中の友人に会っておかなくては。買ってきてほしいものがあればメールでも電話でも。あの酸

っぱい粉砂糖のついた魚の形のグミは今もスーパーで見かけますよ。　母より》

茶色く艶《つや》のある皮膚が上下する。下半身だけ私服のジーンズを穿いて、上半身をあらわにした男は、支給された弁当に手をつける前に自分で持ってきたのであろう密閉容器から中央に黄身のない、目玉焼きと呼んで良いのか悪いのかわからない卵の白身を焼いたものを口に運んでいる。フォークをつかんだ手が口元に運ばれるたびに、使ったばかりの胸の筋肉が大げさに伸縮し、時に膨らむ。フォークの先に引っ掛ける、形のはっきりしない卵の白身が黒い顔の中に次々吸い込まれていく。向かいには、全く同じ肌の色の男がもう一人、こちらは弁当を左手に持ってすでに半分を食べ切っている。暗闇に溶けそうな色の皮膚は、大きな窓から全力で注ぎ込んでくる八月の日差しの下では一際くっきりとその形が浮かび上がり、背景のピントがぼけるほどだ。

「それで、あれ、今日は女優さん現地集合なのって聞いたら、いやもう乗ってるよって言うわけ。一番後ろの席の方指さされてさ。で、真ん中の席座って後ろ覗き込んだらさ。いや、いたよ、いたのよ俺のセックスの相手。カゴに入った鶏が二羽。鶏よ、ニワトリ。で、草原みたいなとこ連れてかれて、放したニワトリ必死に追いかけて、捕まえてヤルんだけど、捕まえるのがまず難しいわけ。二羽一気に放すもんだから、二兎追うものは、じゃなくて二鶏追うものは一羽も得ず。レイプものって聞いてたけど、鶏追いかけて強姦するとはね」

卵の白身を咀嚼する黒い肌の男優は笑いをとりながら若手時代の苦労話をしている。彼よりやや若いもう一人の男優は、話が展開するたびに最も大きい声で笑い、時折うまく相槌を打つ。

「ヤルって、ヤレるんですか？　犬に舐めさせるみたいなのは見たことあるけど」

桃色のバスローブを着た白い肌に黒髪の女優が弁当の米以外の部分を控えめに突きながら、興味深そうな顔をして笑い混じりに聞く。もう一人、やはり白い肌に黒髪で、水色のバスローブを着た唇の薄い女優は、血色の悪い真顔でその疑問に同調している。比較的都心部のビルの中にある明るいスタジオには、中央の大きな部屋に縦長の白いダイニング・テーブルがあり、化粧直しの場所に弁当を運ぼうとしたら、どうせだからこっちで食べる、と一人の白肌女優が提案し、声の小さい白肌の女優もそうすると言った。

「お尻の穴を使うんですよ」

男優よりさらに業界に長い初老の監督が無表情で言い、獣姦ものの中でも悪趣味な部類だね、とも付け加えた。初老の監督は私が仕事を始めた頃ならよくいる類に数えられたような、ビンテージのアロハシャツに色のついた眼鏡という情緒のある出立《いでたち》をしている。最近では年配の監督自体少なく、ウォール街の映画に出てきておかしくないようなカラッと清潔な若い人が増えた。正午から一時間ほど経過した日差しは容赦なくテーブルとそれを囲む人々の細部まで照らし、クーラーの効いた室内の温度とその強い日差しの落差は、不思議と中と外という考えを曖昧なものにしている。卵の白身を黒い身体の中に吸い込んでいた男優は空になった容器の蓋を閉じて、プラスチックの蓋が日光の反射で煌《きら》めく、鶏肉専門店の弁当の方に手を伸ばした。

「もう十五年前だけどね。今ヤレって言われてもできるかなあ、俺」

「カオスな時代ですね、俺は最初の頃、キャットファイトものの現場ですら、こんなの誰がヌクんだろうかと思っちゃって。しかも女の子の一人が差し歯取れちやって」

初老の監督の隣で黙々と食べていた男の助監督が、一気にかっこんだ弁当の空箱を、大きいビニールの袋に突っ込みながら急に喋り出した。十代と見紛う彼は確か大卒で、二年ほど前から現場で見かける。彼の父親は照明技師で、やはりポルノの現場でよく見かける人だ。彼の態度が、控えめでありながら恐縮していないのはそのせいもあるのだろう。短髪を赤みの無いベージュに染めてキャップを被り、細身の身体をカジュアルで清潔な衣類に突っ込んだ彼は、このような現場の若手男性にしては女優たちの評判がとても良い。

「めちゃくちゃよ。ドキュメントっつってほんとにガチンコで女が泣くまで罵倒するみたいなのが一番後味悪かったわ。あの頃は男優も現場でナンパするようなダメな奴がちらほらいたよなあ。でもさぁ、バリ島とか行けたのもあの時代だもんな」

卵の白身を消化中の胃袋に鶏肉を次々放り込んでいる男優が、同意を求めるような口調で私の方を見てきた。私は作ったままだった笑顔で懐かしいですね、と曖昧に答えた。業界に入って二年目になるかならないかの頃、この男優も含むチームでバリ島に行ったことは覚えている。予算が萎《しぼ》みだす直前に仕事を始めた私にとっては数少ない海外出張だった。黒い顔の唇の中に、鶏がするすると入っていき、合間にはその唇が、海外出張やクラブの貸切パーティーなど、お金のかかった行事の思い出を言葉にして吐き出す。海外ロケに男優が同行するのを見たのはあの時が最後のような気がする。一日何現場も掛け持ちして仕事する男優は数日間ひとつかふたつのビデオの撮影のために拘束されることをあまり好まないのだ。男優のいない現場では監督や助監督がその役を担う。

私がバリ島にいたのはちょうど一週間だった。到着した翌日から最初のチームの撮影、三日目だけ両方のチームが合流し、次の日から二日間は次のチームの撮影が予定されていた。女優はそれぞれのチームに一人ずつ、それぞれ二本ずつビデオを作っていたようだった。私は先行チームの化粧師として同行したのだが、次の一行が到着した直後、そのチームの化粧師が食中毒で倒れた。日本に連絡して帰国後に入っていた二日間の仕事を知人に代わってもらうことができたので、幸運な私は予定の倍近い日数南国にいることができたのだった。

慣習と信仰の異なる場所でのポルノ撮影は神経を使う。バリ島では市街地からそう離れていない場所にある貸別荘や現地コーディネイターに紹介された民家を撮影場所としたが、庭やテラスでは半身ヌードの写真を撮るときですら、現地ガイドなどこちらが買収した地元の男たちを何重にも見張り役として立てる。道路に大きく面した貸別荘の庭で女優二人が裸でマッサージをし合う場面を撮った時には、私も現地の男たちに混じって道路を車が通るたびに声をかける見張り役として庭の端に立っていた。島で生まれ、妻が三人もいるという現地コーディネイターは南国らしい素材のシャツを着て、サングラスをかけ、饒舌だった。他に近くにいたのはそのコーディネイターの部下なのか弟子なのかやけに親しい様子の、流暢な日本語と奇怪な英語を喋るTシャツの男が一人と、その男の友人らしきタンクトップの若者二人だ。くすんだ緑色のタンクトップを着た若者はわざわざTシャツの男を通訳にして、以前結構な金額をもらって日本人の女の性器を舐めたことがあると言っていた。

心配したほど車通りの多い道路ではなく、気温も思っていたほど過酷ではなかった。袖のないシャツと緩いパンツの私は、庭に面した部屋の全開になった窓から断続的に漂ってくる冷房の風を心地よく感じていた。油断した若者たちはコーディネイターの目を盗み、なんとか裸の女優たちをもっとしっかり目に入れようと、小突き合いながら順番に樹木の隙間を覗き込んだ。彼らが交わす言葉を私は理解しなかったが、私たちが立っていた外側ではなく、庭の反対側の出口を見張るために家屋のすぐ横に立たされているやはり若い男たちをラッキーだと言っていることだけなぜかわかった。時折通る農用車ではなく、比較的綺麗に整備された車が遠くから近づいてきているのが見えて、Tシャツの男が庭の制作者に見えるように大きく手を挙げて声を出した。助監督二人は女優たちを大きなバティークの布で隠し、カメラマンは物陰に隠れ、見張りの私たちはわざとらしく談笑する。ゆっくり休暇に訪れ、現地ガイドと夕飯の場所の相談をしている観光客グループの姿がそこに瞬時に生まれた。私は誰の慣習と信仰を害さないために何を見張っているのかが、最後までわからなかった。

後半チームは力を入れて売り込む女優のデビュー作の撮影に来ていた。マッサージの場面で初めて服を纏わずにカメラの前に立った彼女は、看護学校の学生で、薄い前髪をおろした、日本海に面した土地出身の女だった。わざわざ一日被せて撮影を組んだメーカーの制作者は二人の女優を共演させることが、どのような作用を生むか十分に心得ていたはずだ。前半チームの女優は明るい仕切り屋で、マッサージをしながら監督やカメラマンの指示を待つことなく腕を寄せて胸を相手の女に押し付けたり、半裸のまま助監督を顎で使ったり、カメラが止まると程よくふざけたりしていて、それは彼女が彼女より出演料の高い新人女優と共にカメラにおさまる際に心地よくいられる態度だったのと同時に、おそらく制作者の望み通りの振る舞いだった。新人女優は時折その冗談に笑顔を見せ、小慣れた集団の速度とムードを壊さない程度には聞き分けよく動いたように、少なくとも私の角度からは見えた。撮影は時間通りに終わる。何一つ問題はなかった。

それでもキュロット型の短いパンツにボーダーのTシャツを着てその日の夕食に現れた時には、デビュー前の彼女はまだ固い表情をしていた。化粧師をしていると表情を作る皮膚の一枚下にある筋肉の動きには敏感になる。緊張は皮膚を動かしても筋肉を動かさず、ほどければ筋肉は実に柔軟に伸び縮みする。それは皮膚の下にプロテーゼを入れ込んだり、糸で皮膚を引っ張ったりしてできる皮膚と筋肉のズレとは違って、刻一刻と変化する。砂浜にプラスチックの簡易なテーブルを出したレストランで、隣の豪州人のグループとも打ち解け合うカメラマンや前半チームの男性マネージャーがビールの瓶を高く掲げて何度も乾杯するのを、静かに見ている新人女優の顔は、徐々に暗くなってきた空を背景に白く光っていた。ものを噛んだり質問に答えたりする時、皮膚の下の筋肉はほんの少し上下に動くだけで、白い肌に反射する卓上ランプの光は影を作らない。全ての撮影を終え、深夜の飛行機で帰る女優や男性マネージャーははしゃいで豪州人と踊り出し、本来彼らと一緒に帰るはずだった私は足りなくなるはずの自分の下着をどこで調達しようかと思案を巡らせ、監督は制作会社の文句に嫌な顔をしていた。丸一日出番のなかった男優は、ガイドを一人連れて午後から街に現地の女を見に行っていて、まだ戻っていなかった。

海は暗く、波は昼間より穏やかになっていた。豪州人と共に波打ち際まで走って水をかけあっている仕切り屋の女優を見て、新人女優のマネージャーは、女同士で混ざってくれれば、と言い、新人女優がすぐに立ち上がったので私もそれに続いた。新人女優が裸足であることに気づいて、ビーチサンダルを履いたままだった私は瞬時にそれを後悔し、レストランのテーブルと波のちょうど真ん中あたりの、中途半端な場所でサンダルを脱いで早歩きの新人女優の後ろをゆっくり歩いた。足の指の細かい隙間にすぐに入り込んでくる砂が、徐々に跡がつくほど硬くなり、やがて湿り気を帯びると、足のすぐ先に水がやってくる。擦る音のしそうな細かい白い砂は、波に洗われると黒くなり、波が引いてしばらくたってもやはり黒いままだ。

弾力のある黒い砂の方が歩いていて気分がよかった。新人女優は控えめな足取りで小さな波を避けるように歩いていたが、やがて長く砂浜まで伸びる波がきて、避けるのが間に合わず足はくるぶしまで水に浸かった。波が引くと足には艶が表れて、月の光なのか何軒か並ぶレストランの光なのかがそこに反射した。次の波が来て、彼女は勢いをつけずに波を蹴った。足は水の上を滑り、飛沫《しぶき》は上がらない。次の小さな波を見逃し、やがて大きな波が崩れて迫ってくると、今度は半分ほどの勢いでその先端を蹴り上げた。水飛沫が上がり、波自体が奏でるのとは別の微かな水の音がした。豪州人の笑い声が少し遠くで響く中、新人女優は私の方を見て、口角を筋肉ごと上げてみせた。レストランのテーブルに向けて再び歩き出した彼女の足は黒い砂を踏みつけ、白い砂も彼女の濡れた足に張り付くと少し濃い色に染まった。次の朝、臨時の化粧師である私が化粧水を手に取って頰に叩きつけると、彼女の顔は柔らかくなっていた。

「おし、動くかあ」

太い声に我にかえると、黒く光る腕が、卵の白身の入っていた容器を長椅子の上のナップザックの中に放り入れ、左右の掌を祈るような形に合わせた。動きましょう、とキャップを被った助監督が同意する。

「やらなきゃ終わんないからね」

初老の監督が重い身体を引きずるようにわざとらしくよろよろと立ち上がりながら言った。私は声の小さい女優の水色の背中に軽く触れ、化粧直しのために部屋を移動するよう促した。午前中の撮影で涙の作る線が顔に幾つも走り、酷く化粧が崩れていた彼女には、シャワーの際に一度化粧を全て落とさせていた。私が彼女たちの顔に塗る色は、時に一時間も経たずに流れ落ち、崩れ、溶けていく。崩れることは前提であり、目的でもある。崩れれば崩れるほどカメラを回す者は喜び、ビデオは売れ、女優も売れていく。だから私は崩れた時に醜く滲む漆黒の化粧品を除いて、あまり耐水性や崩れにくさには拘らない。

保湿のための化粧液のついた私の手が水色のバスローブの彼女の顔を包み、午前中よりいくらか柔らかくなった筋肉を少しほぐし、何も塗らなくても特に欠陥のない肌に艶の出る下地を少し塗って、あとは手早く眉や瞳の周りを整えていく。口紅を差す前に、今度は午前中の化粧がほとんどそのまま保存されている桃色のバスローブの女優を鏡の前に座らせ、目頭の汚れを綿棒で落として、ややよれている鼻の周りの白粉をティッシュと追加の白粉で直した。助監督に確認し、二人の唇に濃いローズカラーの口紅をつける。一人はわざとらしく上下の唇を音を立てて擦り合わせ、一人は紅のついた唇を静かに閉じた。二人の女優を一人で化粧する現場は、女優と私が一対一で付き合う現場とは空気の流れ方が違う。そして対極的な体型やファッションをしている二人であろうが、この二人のようにとても似た姿形をした二人であろうが、年やキャリアが大幅に違う二人であろうが、両者は別のところに喜びを見出す。それは一日が始まってしまえば終わるまで、出口が閉ざされた同じ水槽の中に止まらざるを得ない彼女たちにとっては、相手のためでもあれば自分のためでもある息継ぎの作法なのだ。

違う色の下着の上に黒いミニスカートと生成りのシャツという揃いの服を着た彼女たちを、半裸の男優たちが囲む形で、巨大なマットの上での撮影が始まる。

喉の奥まで性器を乱暴に突っ込まれた女優の化粧はすでに目尻から流れ落ち、口紅は大量の唾液の中に溶けてゆく。男優の一人が膝立ちとなって女優の脚を開いて後ろから持ち上げ、そこにもう一人の女優が唇を這わせ、最後の男優が持ち上げられた女優と自分とで挟むようにして間の女優の膣に自分の性器を食い込ませる。黒の身体と白の身体は互いを際立たせるように交差し、補完するように重なり合い、白の身体から伸びる黒髪が絡まって境目を複雑にしていた。やがて黒の身体から放出される半透明の白濁した液体が全ての境界を曖昧に混ぜ合わせ、四つの身体はひとつの建造物のように一体となった。

　私はその湿り気のある建造物には相変わらず、一抹の満足と欲望を覚える。監督のカットがかかり、写真撮影が終わるまで、鼻の両方の穴に白濁した精液を詰まらせたまま動かずに薄目を開けている女優の顔には髪の毛が貼りついている。私は精液と唾液で貼りついたその髪の毛を否定する言葉を持てずにいる。ここ二年間、彼女たちを擁護する言葉も非難する言葉も救済する言葉も、そこかしこに溢れているのに、私にとって必要な言葉は十年間、一度も見つけられたことがない。ただひたすら、誰よりも早くその白濁した液体のついた髪に触れたいと思い続けている。

ピンク、白、緑、白、ピンク、白、緑、白、ピンク。

緑、白、白、ピンク、ピンク、白、白、緑、白。

白、緑、白、ピンク、ピンク、白、緑、白、ピンク。

泡立てた石鹸を頬の上にのせて指で鼻の横や顎の下まで螺旋を描くように伸ばしながら、洗面台に混ぜ貼りされた小さい正方形のタイルを目で追っていく。ピンクと淡いグリーンと白を組み合わせたどこか下宿風の洗面台は、絨毯の赤、壁の白、木部のウルシの黒に近い茶色にほぼ全てが統べられたこの家の中で細かい色のはめ込みが見られる珍しい場所だ。一階の洗面台とその先のトイレもここ二階と同じ場所にあり、鏡に向かうと真後ろにあるベランダの真下は、一階では風呂場になっている。簀《す》の子と檜の風呂桶を除くと風呂場を構成するのは全て黒の石だ。洗面台のモザイクは離れて眺めると何か小説の構図のようにも思えるし、眼鏡やコンタクトレンズを外すと色の混ざり合ったぼんやりとしたグラデーションのようにも見える。八月の後半に差し掛かってから、洗面所に立つときにこのタイルの色がやけに目につくようになった。時折小さな蜘蛛などがタイルに足を滑らせながら横切ったりもするが、後ろにあるベランダへ虫を誘うのは造作もないことだった。ベイスンの近くの二箇所、それから壁に接面する一箇所、タイルが剝がれていることにも気づいた。額まで伸ばした石鹼の泡が滴ってきたので色を数えるのをやめて目を閉じ、目の上を簡単になぞった後に水道で流す。閉じた目に三色の影が残っている。

二階の洗面台を使うのはほとんど私だけなので、白い陶器のベイスンの横には使いかけの化粧品や化粧筆が入った小袋が並んでいる。祖母は滅多に二階には上がってこない。キッチンのある部屋と引き戸で隔てられた自分の部屋、それから庭が彼女の居場所で、ごく稀に玄関ホール横の応接間で本を読んでいることもある。祖母は自分の部屋の鏡台の前でしか化粧をしないので、一階の洗面台は棚の中まですっきりと簡素で、それに比べると二階は余計に下宿風だった。

鏡に向かって左の壁に取り付けられた棚を開いて瓶を二つ取り出し、まず片方の蓋を開けて液体を掌にのせた。身体の後ろにあるベランダは斜めに川上に張り出し、つまり西に向いているので朝の光は遠い。最低限の保湿を施したあと、小袋の一つを開けていくつか肌に塗る化粧品を取り出した。私に顔を塗られる女優たちの多くは、高級な化粧品だけでなく、時に繊維や糊を使って普段から自分で上手に化粧していることが多く、見慣れた自分の化粧を離れて顔を他人に明け渡すことに、露骨な抵抗を示す者もいる。最低限の信頼を得る手段として私は自分の顔を可能な限り丁寧に塗るし、仕事のない日には新商品を試してなるべく旬の色で飾るようにしている。

昔に比べれば比較的自然な化粧が流行しているここ最近であっても、性欲処理に適した化粧は多くの女優にとっては物足りなかったり野暮ったく思えたりするものだ。特にポルノ女優の顔や服装を真似る女性たちが格段に増えてからは、男の射精を促すことだけに特化した顔だと割り切っていられない事情があるらしい。ただポルノ女優が男女両方のものとなっても、ポルノそれ自体は依然として男のものであるし、私は相変わらず男に向けて顔を作り続けている。ただ、どちらにせよ精液や尿や唾液や涙で泥のように流れてしまう化粧について、あれこれと注文する女優や譲れない箇所がある女優を面倒だとはあまり思わない。数十分後には裸になり、身体も性も自尊心も数時間の間は放棄する彼女たちがそれでも明け渡さないものがあるのだとしたら、その片鱗に触れる私は幸運だとすら思う。

タイルを気にしていたせいか、なんとなく新品のカーキ色の化粧品を手に取り、パッケージを開けてみた。よく見れば細かい粒子が入っていて、窓の近くに持っていくとそう簡単にどの色と言えないほど多彩な粒子が光る。別のメーカーのピンク色のグラデーションが一つの板になった化粧品と並べてタイルの上に置き、化粧筆を使って目元を作ってみる。上瞼の上に自然な白色の化粧品を塗り、ピンク色を重ねてから筆を持ち替え、目頭から数ミリと目尻から数ミリだけそれで縁取る。実験台としての私の顔は便利だ。余計な特徴がなく、色素が薄いので化粧によって印象が大きく変わる。濃い茶色のペンシルで流線を描き、眉を整えて唇には薄荷《はっか》の匂いのするクリームだけ塗って、全ての化粧品を元あった場所に戻した。欠けたタイルの箇所に触ると、冷たく滑りやすいタイルの上と対照的な、砂地のような温かみと乾いた触感がある。

赤の絨毯が張り巡らされる階段を半分まで降り、二本ある細い窓のうち左のものの外側に蜥蜴《とかげ》が腹を見せて張り付いていることに気づいた。ついでにそこから窓の外を覗き込むと、普段は川床の石の表面が全て見えるほど浅く澄んだ川の水がやや増量し、ところどころ濁った水が見慣れぬ速度で流れている。家の立つ場所から川につながる崖の濃い緑に朝の光が反射して、常に一定の影の中にあるこの階段ではない、空や川の向こうを照らしている。夜の間に思う存分に降った雨が洗いざらい持って流れたのか、真夏の澱んだ空気はそこにないようだった。高速道路を降りて山を越える頃には路肩の一部が冠水するほどの大雨で、いつもは前の車や信号機の手前で気配を消しているフロントガラスが全力で存在感を放っていた。駐車場の扉を開けるために車から降りると、家の外灯と車のヘッドライトで照らされた家の外壁の煉瓦タイルは、横殴りの雨に怯《ひる》むことなくいつも通り規則的で、むしろ濡れた状態で光に当たると通常より若々しく強く見え、屋根の玄昌石は黒々と重く見えた。

勝手口の外にいつも置いてあるサンダルが風のせいか雨のせいか足の届かないところまで散らばって、焦げたように土で汚れていることに気づき、私は階段の下まで引き返して玄関ホールの高い吹き抜けから吊るされたシャンデリアの灯りをつけて、十字型の痕のある白い壁の下の、アーチ型の玄関扉から外に出た。目の前にある山の潤いに気を取られ、正面の門から一度表の細い道路に歩き出て、坂を隣の家の方に向かって登りながら山の木々から時折降りかかる雫を浴びる。トラ猫を飼う夫婦の家と私の住まいとの間に建つ家にはかつて一つ隣の駅で古物商を営む老いた男が住んでいた。ごく稀に妻らしき派手な女を見かけたが、男の話では彼より二十も若く見えるその女はもう長く海外に暮らしていて、ここで生活しているのは彼一人だった。母は何度か男の店を訪れ、また何度か彼を夕食に招き、中国の古い鈴や棚に本を立てるための重い人形を彼のつけた値段より随分安く譲ってもらっていたのだが、ある朝彼の店の従業員の一人が母を訪ねてきて、男が死んだことを教えてくれた。家の中の風呂場と寝室の間の廊下で、倒れ冷たくなっていたらしい。三日間発見されなかった男の家が静まり返っていたことに、私も母も不自然さを感じなかった。現在は、都心から移住してきたらしい若者が五人ほど、その広い家に同居している。

勝手口に続く小さな門の方へ回ってそこに備え付けてある郵便ポストを覗き、再び敷地に入る。家の向こうに見える、そのまま谷と川に続く木々から、蝉の声がまばらに響いてくる。小さな門は玄関扉に近い正面の門よりも高い位置にあるので、勝手口までは緩やかな坂を、庭にある道と同じ歩幅で平らな石が結んでいる。私はその石の上を四つ目まで歩いて、勝手口までは歩かずに煉瓦タイルで覆われた建物の方へ段差を飛び降りた。

　祖母の部屋の雨戸を外から開けると、すでに内側から木枠のガラス窓を半分開けていた祖母が、ばあと言って顔を出し、驚いて足元のバランスを崩した私を見て笑った。あら、もう化粧しているの綺麗ね、と自分の方はいかにも数分前に目覚めたという顔の祖母は寝巻きにしている木綿の黒いワンピースを着て、腹の辺りにある橙色の太陽の刺繍が不敵ににやついている。

　雨がどうなったか気になって早く起きた、と言いかけて、私は山の方を振り返り、言葉を失う。目に見えている光景に純粋に驚いたのは確かだが、それはむしろ刹那的なことで、それよりもこれから対処せねばならぬこと、仕事への支障、支払わねばならぬ金額などが瞬時に頭に浮かび、気も足も重くなった。口を開けてイタリア車の停まっている方向を見たまま固まった私に祖母が何何とうるさく問いかけるので、正面の山から落ちてきたのであろう巨大な枝が駐車場の簡易な屋根に突撃したらしく、屋根が破壊されていると同時に屋根を支えていた柱が耐えきれずに壊れた屋根ごと車の上にのしかかり、車のサイドミラーは取れかけ、昨夜あれほど存在を主張したフロントガラスは車の内側が見えないほど広く細かく割れている、という状況を素早く正確に伝えることができず、木が、屋根が、と要領を得ないことをいくつか言った。祖母は腹にふざけた太陽をつけたまま勝手口から裸足で外へ出てきて、Oh my goodness と英語で言って私の腕の間に入って半ば強制的に肩を組む格好をさせられた。その上で祖母は勝手口から離れて散らかったサンダルを発見し、あなた玄関から出てきたの、それで今の今までこれに気づかなかったの、あなたも相当疲れているわね、と言って明るく笑った。私は正面扉を出て小さな門を入るまで、駐車場の真前を歩いていたのだった。

祖母が朝食を用意してくれると言ったので、その間に私はいくつかの場所に電話をかけることにした。祖母の育てる果物や香草は斜めになったり千切れかけたりした苗があるものの、総じて無事と言える状態で、私には車が自然によって壊されたことより、この不屈の菜園の方が驚くべきことのように思えたのだが、祖母はさして意外でもなさそうに、駄目になりかけた葉物やトマトを摘んできて凝った料理を作り出していた。母の乗っていたほんの少し緑がかった薄いブルーの古い車については、修理に出すよりもこれを機に何か新しい車に買い替えた方が良いのは明らかだった。そもそも渡英のタイミングで車を処分しようとしていた母に、残しておいて欲しいと言ったのは私と祖母で、何か不具合があるたびに修理にやたらと高額がかかるイタリア車をこれ以上保存しておく必然性はない。バス通りですらすれ違いが難しいほど道の狭いこのあたりで、より小回りのきく、コンパクトな国産車をそのうち私か祖母が買うだろう。私の仕事についても、必ず車で通うようになったのはここ数年で、最初のうちはスーツケースを引きながら電車で向かうこともあった。

父の叔母は車に乗らない人で、駐車場はそもそも母と幼い私が引っ越してきた後に、事後的に作らせたものだったため、業者の連絡先を見つけるのはそう難しい作業ではない。巨大な枝は、家に対峙する山のものであるのは明らかで、その山は市の保有だということも分かっていた。山や川や海を擁する市の役場は、豪雨の後始末に忙しいのか電話中の保留が多かったものの、下請けの造園業者などに連絡がついてからは、撤去の予定日や屋根の補修日などが決まるのは早かった。造園業者の電話に出たのは母が下の名前をちゃんと付けで呼んでいた気のいい二代目で、一代目は健在だが、腰を悪くしてからはお金の勘定以外の仕事から離れて釣りにばかり出かけているのだという。

二十年以上、あらゆる補修を必要とするこの家に暮らしてきて、綻《ほころ》びがあればその都度直した。吹き抜けがあり、全体の天井も高い家で、私や母や祖母が自分でできることは限られているので、かかりつけの医者のような業者はいくつもある。かつては嵐や地震が起きるたびに、外からの接続を遮断されたようになる家を呪った。重い外壁によって守られていることよりも、自分と母親以外の世界の様子がわからない孤立は幼い私に耐え難く、ラジオをつけようにも元々不安定な音声が余計に聞き取りにくいことが多かった。しかし夜が明け嵐が去ると、雨戸や外灯などに何かの不備が出て、今度は業者が忙しなく出入りするのだった。そういう時、大きなアーチ型の玄関扉や広い玄関ホールは開かれるのに適しているように見えた。

保険会社に書類を請求して電話を切ったところで、祖母が台所からレモンの蜂蜜漬けが入ったヨーグルト、豆を潰したスープ、それから円形の大きなピザを運んできた。朝から豪華だね、と伝えると、残ったら夜も食べてね、と何かを含んで笑うので、誰かと出かけるのだろう。ピザを専用の刃物で切り分けながらも聞いて欲しそうな顔をやめないので、夕飯は食べないのか聞くと、海の近くで一般向けに仕舞や謡を教える能楽師の名前を言った。祖母とはちょうど十歳離れていた祖父は、私と母がこの家に引っ越す直前に旅行先で死んだ。六十代になったばかりだった。同時期に独り身となった母と祖母はそれぞれ頻繁に男と出かけたが、デートから帰ると必ず男という生物全般についての独断的な文句を二、三言う母と、その日に会った男のことを必ず褒める祖母はある意味対照的だった。

祖母が切れ目を入れてくれたピザを千切って自分の前の白い皿に移し、チーズやトマトの熱さを確認しながら半分まで一気に食べ、一度皿に置いてスープを飲む。口紅を塗らなかったのは正解だった。しばらく電車で仕事に通うとなると、深夜を過ぎても終わらない時には宿の心配をしなくてはならない。いつも通りの時間に目覚めたのに、いつの間にか日はすっかり高く、蟬が本格的な大音量で唸り出している。蟬の出す音を遮って祖母は、嵐が来て雨が降って、それが過ぎ去った後って誰かと会いたいじゃない、と悪びれない顔をしてみせた。

あなたもたまにはデートくらいしてくればいいのに、おばあさんとピザなんか食べてないでさ。せっかくそんな綺麗にお化粧してるのに、植木屋さんとおばあさんにしか見せないなんて。ああでもあの植木屋さんの二代目は悪くない顔をしているわよねえ。あなたよりはだいぶ歳上だけど。

祖母はやはりなぜかヨーグルトから食べきって、ようやくピザの一切れ目に手を伸ばした。木綿の黒いワンピースを背景に、黄色と赤と緑のピザの色が映えている。造園業者とは電話で話したが、今日中にうちに来れるわけではないし、彼は若者向け雑誌のモデルと見紛う、昆虫のようなガリガリの脚をした女との間にすでに学校に通う息子がいる。確か昆虫脚の女は県庁の近くの洋服店で働いていた。メイクの仕事楽しいですか、と以前海岸沿いの公園でその家族と遭遇した時に聞かれたが、彼女の化粧は玄人芸と言って良いほど巧みだった。

化粧バンドの男と別れた後にも、何人かの男と付き合ったり別れたりはした。男と酒を飲んだり寝たりする時には車は家に置いて、電車で仕事に出かけた。三回以上セックスした男たちには遠回しに別の仕事すれば良いのに、と言われた。最後に短期間一緒に寝た男は、そういう仕事が必要なことはわかるけど君がすることはないんじゃないかなって僕は思うな、と言った。そのようなことを言われてから家に帰ってくると、私は女優たちではなく男たちへの興味を失うことが多かった。彼らの言葉は決して私を、あるいは私が顔を塗る彼女たちを否定するものではなく、悪意なく挟み込まれるのだが、それは余計に私を失望させた。微かな異臭をさりげなく自分から遠ざけるくらいなら、いっそ完膚なきまでに否定してみせて欲しいとすら思っていた。島一つが強固な信仰を抱えているような、そしてその信仰が私の仕事や女優たちの存在すべてを否定しているかに見えるようなバリ島の若者ですら、木の茂みから盗み見ては目を奪われる彼女たちの前で、論理は浮かんでは消えていく。結局私は酒を飲んだり泊まったりすることがなくなり、車で仕事に通い続けてきた。

うーん、やっぱりコーヒーも欲しいわね。ピザの二切れ目を一気に食べ切った祖母が勢いをつけて席を立ち、料理に使った包丁や鍋がそのまま散乱している台所で、コーヒー・マシンにどぼどぼと水を入れた。私がやるよ、と言って交代し、駅前の喫茶店で買っている豆を手動のグラインダーに入れてハンドルを一気に回す。三十回ほど回して挽いた豆の匂いは祖母の座るテーブルの方まで漂ったようで、祖母は顔を上にあげ、鼻の穴を動かしてみせた。スイッチを押してから席に戻り、残してあったヨーグルトのボウルを手前に引くと、ワックスのついていない自家製レモンの蜂蜜漬けの眩しい色に唾液が込み上げた。相変わらず、谷川に面した窓の外では全力の蟬たちが声を張り上げている。

ピザって明るくていいね、と祖母が言うので、そうだね、この家には洗面台以外ほとんど色がないから、と何気なく応えた。予想していた返事がないので、ヨーグルトを混ぜる手を止めて祖母の顔を見上げると、口を半開きにして停止している。こちらから何か追加で言おうかと口を開きかけたら、Are you kidding? と祖母はピザを皿に落として椅子の背もたれまで大げさに身をのけぞらせた。後でゆっくり家の中を歩いてごらんなさいよ、来週も、来月も、次の季節も、もっとゆっくり歩いてみたらいいわ。そう言った祖母の後ろの窓からはやはり蟬が大声で叫び、その叫び声の合間に、コーヒー・マシンの電子音が小さく鳴った。

ページを捲《めく》ると女の名前が一枚に一つずつ、大きく印字されている。その様子は女の洗礼名の目録のようで、実際に洗礼名として知っている名前がいくつもあることには少し愉快な気分になる。ずっと捲っていくと何度も顔に触れたことのある女優たちの名前もいくつか見つけた。日焼け肌に金髪となってデビュー時から随分印象を変えた彼女もいる。彼女のように仕事を始めた後に大きく雰囲気を変えたり、メスを入れて線を足したりする女優もいるが、そうでなくとも女優たちの顔は変わっていく。表情が柔らかくなっていくとか、目に光が少なくなっていくとか、そんなことであれば私はその変化にすぐに飽きてしまっていたように思う。彼女たちの顔はもっと奥の筋肉や骨の位置を司るところから時間をかけて作り替えられていく。その変化を指先に感じるたびに、この子たちがこの先どうなっていくのか、気になって仕方がない。初めて触れたポルノ女優の顔の内側に、そのような兆しを見つけてから、私はここにいる女たちがどうなるか見届けたいと思っていたのだ。そう思うこと自体には十分な量の罪悪感が伴っていた。

「ごめんね、今日、六人。予定より多いんだわ、新人は同じ、四人だけど、看板の一人が撮り直したいんだってさ」

ノックと同時に勢いよく扉が開き、赤ら顔の中年男が部屋に入ってきた。大きな洋館の二階部分を改築した事務所は、階段を登って東側にはこの広い部屋の他にパソコンデスクが並ぶ小さめの部屋が一つ、それから広いバスルームやトイレが並んでいて、階段と廊下を隔てた西側には事務作業やスタッフ同士の打ち合わせに使われるダイニングとキッチン、そこに連結するだだっ広い応接室がある。用途の決まっていない東側のこの大部屋は、布団や劇場の衣装が整頓して詰められた押し入れと、撮影背景の白いスクリーンなどがそれぞれ南北の壁を守っていて、その中央にある大きなテーブルですっかり化粧台の準備を終えていた私は、女優を座らせるための椅子に自ら座って、ここに所属するポルノ女優とストリップの踊り子の一覧をなんとなく眺めていた。今日、事務所に所属して初めて他人に顔を触られる新人たちも、写真撮影が終わり次第ファイルに綴じられる。

「大丈夫ですよ、カメラマンさん、何時に入られますか」

新人以外でも、長く仕事を続けている女優は時折宣材写真を変更する。顔の印象が変わっていく中で、以前の顔を気恥ずかしく思うのは真っ当な感覚だと思う。プロフィールを綴じたアナログなファイルを棚に戻して、私はいつでも化粧に取りかかれる態勢を作った。このプロダクション事務所には何度も訪れているが、改めて一覧を見るとほぼ全ての女優が二重瞼で、前髪を眉よりほんの少しだけ下に切り揃えていることに気づく。ポルノやストリップの女たちを育てて長い赤ら顔の社長の好みは一貫して保守的で、金に近い色まで髪を脱色した女優はなおのこと目立っていた。

三時かな、と、社長は言い、薄手のカーテンを閉めないと眩しすぎるほど陽の入る部屋の、壁にかけられた時計に険しい視線を向けた。予定より早く到着したので時間は十分にある。微かに酒の匂いがしたので、二日酔いですか、と聞くと悪童のような顔をして、途中で俺消えるけどアイツはいるから、と片手を顔の前に出して、祈りの姿勢をちょうど半分に割ったように、中心で垂直に立てた。私が朝九時前に到着した時、社長はまだおらず、私より十歳ほど歳上の女性マネージャーがダイニングのテーブルに座って、踊り子の舞台衣装らしき布をミシンで縫っていた。この事務所の中で、背の低い社長が小太りの女性マネージャーの身体を触り、二人で笑い合っているのはよく見かけたが、女性マネージャーの方は人形のような顔のホストとも歩いていたと、以前とある女優が教えてくれた。

もともと事務所にあった大きな鏡面を窓に向かい合うように設置したため、あまり眩しい光が反射しないよう一部だけ薄手のカーテンを閉めた。激しい雨が首都圏全域を通り過ぎた日から二週間、晴れやかな天気が続いていたが、気温は嵐の前ほど上がることはなく、気がつけば暦を捲っていた。母に連絡して車を廃車にして、電車で仕事に来るのは思っていたより苦痛ではなかった。一時間の電車内は本を読むのに適していたし、駅で一度、コーヒー・カップの引出物をくれた医者の娘にも遭遇できた。二人目の子供の手を引き、大荷物を抱えた妊婦は、切符売り場の横にあるパン屋の前から大声で私を呼び止め、電車を二本乗り逃すまで大学教員の旦那の悪口を言っては笑っていた。私大の景気は頗《すこぶ》る悪く、非常勤の旦那はもしかすれば来年からどこか地方の大学とこちらの自宅を往復することになるかもしれないらしいのだった。最終電車に乗れない一日がかりのビデオ撮影の時は、女性も歓迎のカプセルホテルを探して泊まった。別にビジネスホテルを予約することは容易いのだが、最小限度のスペースに入る機会はそう多くはない。ただ、化粧道具の入ったスーツケースを引きずって都会を歩き、カプセルに身体を詰め込むときは、個人という単位の絶対性などその極小スペースで考えるべきことを思い出す余地は大抵なく、カプセルを突き破る隣人のイビキと歯軋りに気を取られた。

応接間に入ると既に女優が二人、ソファとオットマンにそれぞれ座っていた。一人は三年ほど断続的に仕事を続けている見たことのある顔で、赤ら顔の社長がダイエットして痩せたから写真を変更したいらしいと言っていた作り物の乳と鼻をつけた女優だった。もう一人は新人で、簡単なスナップ写真付きのプロフィールによれば、七年前の地震で被害が大きく報道された町の出身だ。作り物の乳の女優の方は以前会った時と同様に明るく、くちゃくちゃと何か噛みながら、苦笑いの新人女優にも袋に入った乾燥林檎をすすめていた。

「これね、今めっちゃ笑ってたんだけど、ほんとやばいから見て。うちが事務所入って半年くらいで妊娠して辞めちゃった子からいきなり来たんだけど」

彼女が携帯電話の画面をこちらに向けてきたので立ったまま受け取って流れている映像を見ると、昨日今日歩き出したような幼い子がピンクのマイクを握って歌手の真似事のようなことをしている。うあいあいあーあうあいやーとしか聞こえないが、時々顔をくしゅっと崩して笑うので歌の出来は関係なく玉のように愛らしい。彼女の言うやばいがそのことと同義だと思った瞬間、女優の割れた液晶画面でやや見えにくいが、幼子の握っているのがピンクのマイクではなく、ポルノ撮影であまりに頻繁に目にする電動マッサージ器であることが分かって、鼻で小さく笑った。

「これ何もそのことに触れずにサ、二歳だよん、とだけ書いて三人のグループ全員に送ってきたんだけど、気づいてないのかな。まさかだよね、笑わせようとしてんだよね。でももし気づいてないなら親とかに送ったらやばいじゃん、旦那の親とかたしか超田舎の年寄りだしサ。一応だけど教えてあげた方がいいかな。でも教えたらサ、万が一気づいてなかったらすごい恥ずかしいじゃん、もう親に送っちゃってるかもしれないしサ。なんて返事すればいいと思う？」

彼女が笑いながらもあまりに必死に捲《まく》し立てるので、私もつられて先ほどより長く笑い、可愛すぎて最初気づかなかったけどマイクに笑ったよ、とだけ返せば、というようなことを言った。彼女の偽乳や偽鼻は、安い手術で今はあからさまな気がするけれど、つけ続けていればいつか本物になるだろう。彼女の話し方はどこかそう思わせる。

「そろそろやるよ、あなた先ね」

私は未だに液晶画面を何やら触っている作り物の乳の女優の肩を軽く触り、続いて北国出身の新人女優に、あっちに一緒に移動していいからね、と言った。ダイニングの方では早速帰り支度をしている社長が何か飲み仲間の悪口のようなことを喋り、女性マネージャーが適当にあしらっていた。眩しいほどの東側の部屋とは対照的にこちらの部屋は日が当たらず、蛍光灯の辛気臭い灯りの下で、社長の呼気の酒臭が妙な重みと共に漂っている。

乳と鼻の他に爪と睫毛の先にも人工物をつけている女優の前髪をクリップで止めて肌を保湿液をつけたコットンで拭き、白い肌のせいで少し目立つ目元の染みを薄いコンシーラーで隠す。目の開け閉めを促しながら化粧を進めている間も、彼女は時折新人女優の方を見たり、化粧する手が離れるタイミングで振り向くようにこちらを見たりして、話し続けていた。途中から、大体は大笑いするほどではないけど馬鹿馬鹿しいポルノの話題になっていた。新人女優は先ほど私が押入れの前に引っ張り出したクッションに腰かけて時々会話に敬語で質問を挟んだり笑ったりする。クッションの前に慎ましく並べられた左右のつま先だけが、時折居心地悪そうに重なったり離れたりしていた。

「女の子がビルの中走りながら、マラソンみたいに途中に置いてある水飲んでね、また走って、屋上まで走っていってサ、それでそこで服着たまま放尿するのね、漏らすんじゃなくて、結構踏ん張ってようやく出たみたいな感じで。それですっきりしたみたいな感じで照れて終わりなの」

「最後まで服脱がずにですか？」

「うん、ノーブラで透けるタンクトップみたいなのは着てたかな。でもオナニーもしないし服脱がないし、ほとんど走るだけでオシッコして終わり。楽で羨ましいけどこれでヌく人いる？ギャラいくらなんだろう」

「需要は謎ですね。あと踏ん張るっていうのも」

「あ、それはめっちゃわかるよ、私も最初に女王様の格好して男優の顔の上で放尿してって言われた時サ、簡単と思ったら出ないの。普段サ、トイレ座ってしか出さないじゃん。その時はヒール履いてしゃがんでたからまだマシだけど、漏らすみたいに立ったままオシッコって出ないもんだよ、あとほら入院した時のオムツってのも最初なかなか出ないもんみたいだよ」

「身体が学習しちゃってるんだね」

まだ本物に変わってはいない偽物の睫毛をブラシに引っ掛けて取らないように注意しながら、私は目を瞑《つむ》って排尿の妙について語る彼女の話に手を止めずに反応した。彼女は瞼を動かさずに、それそれそれ、と力を込めて言う。口元だけ高速で動かし、睫毛を揺らさない様子に器用だなと感心する。鏡には薄いカーテンを突き抜けてくる光が反射し、忙しなく動く彼女の口元は黄味を帯びたひだまりの中にあった。

「まさに、だよ。規則破ろうと思ってもね、身体のほうが頭よりお利口なの、しかも頑固。ここでオシッコをしちゃダメです、今は撮影だから出さなきゃダメなんです、いやダメですトイレに行ってください、出さないと仕事終わんないんですけどーって」

裏声を使って二つの声を演じ分けた彼女に、新人女優は声を出して笑い、私もつい手を止めて笑った。相変わらず天気は良いが少し日が高くなり雲も増えたので私は後ろの薄手のカーテンを少し開けた。さっきより鮮明に、化粧中の女優の不自然な鼻中隔が映えたが、その分彼女の濃い栗色の髪は艶めきだつ。縮毛矯正をしているのか、ブローは驚くほど早く終わり、彼女の服を汚さないためにつけていた前掛けを外すと、終わり？　と彼女は聞き、私がうなずくのを待たずに、タバコ吸ってくる、と跳ねるように応接室の方へ行った。彼女が扉を開けた時に聞こえた音から察するに、他の女優たちも続々と到着しているようだった。

「お待たせしました」

手を一度洗ってから、日当たりの良いクッションの上でおとなしく待っていた北国の新人の名前を言った後に顔を見て、私は先ほどまで作り物の乳が座っていた椅子の方へ誘った。新人の女優は新しい名前への反応が薄い。本名を少し変えるだけの女優も以前より増えた気がするが、それでもほぼ全ての彼女たちは女優となると同時に名付けられる。水商売や風俗の仕事の経験がない者は新人の間、他の女優らに名前を聞かれてうっかり本名を名乗ることがあるが、そのうちカメラが回っていなくともそんなミスはしなくなる。小さく勢いをつけて起き上がり、ハンドバッグを手に持とうか置いたままにしようか一瞬迷った女優は、結局何も持たず雲の影の隙間を縫うように鏡の前まで歩いて、お願いしますと言って座った。蛍光灯の下で見るよりずっと血色は良く、黒に見えていた肩までの髪は赤みの無いカラー剤で根元まで染めてあるようだった。私は薄いレースのカーテンを全開にして、少しだけ窓を開ける。

「少しお化粧してる?」

彼女の髪をクリップで顔にかからないように左右二箇所ずつ止めながら聞くと、

あ、すみません、と言って立とうとするので、大丈夫と言って肩を軽く押さえ、ここで簡単に落として良いか聞いた。目を瞑るように言ってから、彼女の顔をクレンジング液を染み込ませたコットンで丁寧に拭き、手に乳液を出して顔を少しだけ上に向けさせて両手で頬の下から包み込んだ。冷房の風か外からの風かで端に寄せてある薄いカーテンがなびき、鏡の中の彼女の顔を薄い色の影が通る。皮膚の下の筋肉は思っていたよりずっと柔らかくほぐれていた。耳の前から額にかけて、それからもう一度顎の先から頬にかけて、手のひらと指でマッサージしていく。全開にした窓の外で薄い雲が動き、顔の上の影は複雑に形を変える。

目を開けて大丈夫、というと北国の彼女はゆっくり首を元の位置に戻し、さらにゆっくり目を開けた。いい匂いと言って、私の使う化粧品の並ぶテーブルを興味深そうに見始めたので、収納ボックスに戻した乳液を再び出して、これの匂いかなと教えると携帯のカメラで乳液のボトルの裏面の文字を写しているようだった。実際の生年月日で見た年齢よりあどけなく、十代に見える彼女の目の前に並んだ、男の性欲処理に適した顔にするために肌に乗せていく彩り豊かな化粧品がコンタクトレンズをしていない瞳に映る。発色の良いカラフルなラメ八色が入った韓国製のパレットが一際目立ったのか、彼女は手をそっと伸ばして少しだけその長方形の光り輝くものに触れて、壊さないように汚さないように慎重な指はすぐに引っ込められた。

「人にお化粧されたことある?」

私は光沢のある下地クリームを彼女の額と頬、それから鼻の上と顎に少量ずつ付けて聞いてみた。

「七五三と成人式しか覚えてないです」

「使いたい色とかあれば教えてね。写真用のお化粧、少し普段より濃いから気になるかもしれないけど、気にいらない箇所とかがあれば後からでも直せるからね」

目尻を下げて笑った彼女は分かりましたと言って鏡を真っ直ぐ見つめ、時折その視線を鏡の中の私に移しながら、焼き鳥屋で長く働いていること、自分はいじめられていないけれども一人の男性社員が自分よりずっと年上のバイト男性を露骨に酷く扱うのが嫌だということ、その年上のバイト男性は彼女と同郷だということを話した。上京した時には兄も近くに住んでいたが、地元で就職して戻ってしまったことと、今年の初夏に初めて富士登山をしたということも言っていた。どうやってここに流れ着いたのかを私が彼女たちに聞くことはない。女優同士もそれを聞かない。繰り返される営業面接やインタビュー記事で答えられる言葉を持っていることは知っているが、わざわざそれを聞くことをしないのは自殺者に自殺の理由を聞かないことと少し似ている。十秒でも答えてしまえるし、十日喋り続けても言い得ないのだということは聞く者も聞かれる者も気づいている。そして相手には聞かないそれを自分の中では問い続ける。少なくとも私は二つ問い続ける。小さな罪悪感が一体どちらに根ざしているのかはよくわからないが、二つ同時に問うのだ。どうして鏡の前の椅子の後ろに立っているのかと、どうしてその椅子に座らないのか。

彼女の肌に合うファンデーションを筆にとり、視線を上に向けるように伝えて目の下まで細かく塗っていく。一切の日焼けを許さないような色素の薄い肌は、太陽と化粧台のランプの多色の光の中と雲とカーテンの薄い影の間に揺蕩《たゆた》い、化粧筆と私の手が落とした濃い影の中でやがて化粧に埋もれた。西側からかすかに聴こえていた話声が近づき、扉のすぐ前に来てから偽乳の女優が再び扉を開ける。

紙巻煙草の良い匂いが少し鼻をついて、やがて消えた。鼻が慣れてしまったのか、匂い自体が希薄になったのかはよくわからない。

油分の多いクリームを自分の鼻から額、頬に擦り込み、白粉や日焼け止めと馴染ませている間、洗面台のタイルの薄いグリーンの正方形だけを数えてみる。コンタクトレンズをつけたまま追っていくタイルは、正方形と正方形の間の白い目地まで鮮明で、目地もまた薄い汚れや黄ばみや細かい傷で一色ではなく、そのうちタイルを数えるのをやめてそちらの方に目線がずれて行った。

目を閉じて瞼の上にクリームを伸ばすと、数時間前に見た建物の外壁が瞼の裏に描かれていることに気づく。外壁のガラス表面には空が見え、中を歩く人が見え、木々が見え、天井のライトや企画展のポスターが見えた。それは内側であって外側でもあった。手探りで水道を出して水を掬い、顔のクリームを流し、ずぶ濡れの肌を横に出してあったタオルに埋め、顔を上げると鏡に私の顔が見えた。身体の後ろでは窓の外のベランダが黒くなって、その前に立つ私の灰色の服を白く見せている。

新人の女優四人とすでに仕事を続けている女優二人の化粧を終え、早めに到着したカメラマンが撮影している間は、ちょっとした化粧直しや髪の毛の調整を頼まれるために横で待機して、撮影後に飲み屋の仕事に行くから髪をアップにしてほしいと頼んできた作り物の乳の女優の髪型を直し終えるとまだ午後四時過ぎで、小一時間寄り道しても、祖母との待ち合わせに十分間に合うと思った。女性マネージャーが車を呼んでくれていたので、それに乗ってしばし考え、運転手に寺院の名前を告げ、立ちっぱなしで疲れていた足を休ませながら車窓を見ていた。

ただ、三解脱門の前に到着してみると思ったより気温は高く、一応煩悩を解脱しておこうと門を一瞬くぐり、そのまますぐに出てスーツケースを引っ張りながら目的のビルの前まで歩いた。ビルが見える場所に行くと空が見えて木々が見え、そこに向かっていくとやがて私は慈善活動を展開する団体の本社ビルの向かいに立っていた。ビルの中を覗こうとして見えるのは化粧品の詰まったスーツケースを引っ張る私のいる外の景色だった。寺院や公園があり、慈善活動とは関係のない人々が歩き、風が吹いて、誰かが痰を吐き、食品を配達するオートバイが車とガードレールの間をすり抜けていく外の世界が、ビルの表面に吸い込まれていた。

その鏡面を見ているうちに、思い当たるものがあった。勢いづいてタクシーを止め、いつもより小ぶりのスーツケースを無理やり座席の奥に詰め込んで今度は美術館の名前を告げた。

日は少し短くなったが、まだ十分に明るい。タクシーから荷物を引っ張り出して大袈裟な入口を入ると、美術館の敷地内にあまり人はおらず、私はうねるような形でそこにある建物の前を左右に歩きながら、外壁のガラスの表面に映る中と外の割合が変化するのを見ていた。遊歩道を歩くと自分と建物の間の距離も伸び縮みするので、割合は如何様にも変わった。煩悩は解脱されなかったのだろうが、私の足は速まって、いつしかスーツケースを変なオブジェの前に置いたまま、遊歩道を行ったり来たりと走って笑っていた。汗が吹き出し、靴擦れは割れて、髪を留めていたピンが外れ落ちた。ガラスの中の色が混ざり、また分離して、また混ざる。息切れして止まり、膝に手をついて靴紐の左右非対称な結び目を見てから顔だけを上げると、警備員がこちらを見ていたので、仕方なく荷物のところへ戻ってから美術館の中に入った。

よろけて時計を見ると、そろそろ帰路につかないと、レストランの予約に間に合わないことに気づき、それでもエントランス近くの案内窓口の人に不審がられると思って、月末から始まる企画展のチラシを、探して見つけたという風に大袈裟な動きで二枚とってから外に出た。ちらちらと後ろを振り返り、ガラスの壁面に映る外部と内部を確認しながら、早歩きで敷地外へ向かうと、警備員は既に私への興味を失って、時間と車の往来を気にしていた。

額から、髪の毛の中に手を突っ込んで、地肌を指で軽く擦って鼻の近くに持ってくると、しっかり残暑の汗の匂いがする。後でやっぱり風呂に入ろうと思って霧状の保湿液だけ顔に振り撒いてから、洗面所の電気を一度落とし、使ったタオルを持って赤の階段をリズム良く駆け降りた。玄関ホール手前を左に折れて風呂場に続く脱衣場の籠にタオルを放り投げてから、再び信仰の不在を大袈裟に告げる玄関ホールを通る。電気を落とした玄関ホールから、奇妙な人形がこちらを見ているが、その奥の玄関扉は闇に隠れてぼんやりとしかその形が浮かび上がらない。その周囲の白い壁は闇の中で最早その色の識別すらできないのだが、私はそこに染み付いた痕を余すところなく再現して闇の中に描くことさえできる。

ダイニング・テーブルのある部屋に入ると祖母がカップに入ったアイス・クリ

ームに銀のスプーンをねじ込みながらこちらを見たので、私も食べたいと言うと彼女は、ピスタチオはもうないよ、と言って冷凍庫を指差した。ピスタチオのカップと格闘する祖母の向かいに座り、抹茶のカップを開け、硬い表面に挫けそうになりながら、表面を削ってその削りカスを少し口に運ぶ。祖母の後ろ、ソファ・スペースを挟んだ奥にある谷川に面した窓はすっかり暗く、他の一階の窓は帰った時に外から雨戸を閉めてしまった。黒に近い茶のダイニング・テーブルは、天井からぶら下がった和紙のぼんぼりがついたライトで照らされて、カップの下についた水滴が光っている。

駅の近くのコンサート・ホールで知り合いのピアニストの演奏を聞いていたという祖母とは、ホールから海の方に少し歩いた南仏料理のレストランで待ち合わせていた。終戦の前年に生まれた祖母の誕生日は、私が店を予約して、祖母と、コンサートから同伴していたらしい能楽師と三人で祝うことになっていた。レストランに入るとちょうどついたばかりだった二人が店のマダムとハグを交わしていた。顔の大きい能楽師がこちらに気づき、舞台で挨拶するように堂々とお辞儀をし、花束を持ったままだった祖母ははしゃいで私にまでハグをした。顔が中心に寄ったような南仏生まれの料理人と日本生まれのマダムが五年前に開いた小さな店は、私と祖母の気に入りで、今まで祖母の誕生日は何度もここで祝った。料理はいつも通り、たくさんの種類から選べるのに、それぞれが勝手な注文をしても必ず三人分が同時に運ばれてきた。能楽師は生まれた時から能楽師であっただろうと思わせる品格と、穏やかさと、祖母の手が身体に触れた時に確かに溢れる好色漢らしさを兼ね備えて、祖母のことをあからさまに愛しいと思っている男だった。私に向けられる露骨な親切も、祖母の気を引く努力のようでいじらしく、祖母は祖母でこの男のそのような努力に満更でもない顔をずっとしていた。

お能の先生かわいかったね、と言うと、スプーンを咥えた祖母が口の両端を上げ、再び口の中で温めたスプーンで、アイス・クリームに開けた穴を少しずつ掘り広げながら、あの人、自分のお母さんの納骨の日に、奥さんも亡くしたんだよ、と言った。心の葛藤が少ない坊ちゃんのように見えた男の不運な過去に、私は思わず、腹からええという声を出した。

お手伝いさんが用意しておいてくれたお墓の花がさ、和花ばっかりで、母さんは洋花も好きだったから足したいなあってさ、言ったんだってあの人が。で、石屋が作業してる間に、お寺のすぐ向かいの花屋さんまで走って行こうとして、信号でUターンしてきたスポーツカーに思いっきり撥ねられて、親族みんなが見てる前でさ、空高く飛んだらしいよ、ガードレールの上に落下するまで、何秒間も宙に浮いて見えたって。

私も祖母も、レストランから帰ったままの格好をしている。仕事帰りだった私は仕方なく薄手の長いスカートに少し光沢のある灰色のタンクトップという姿だが、祖母は漆黒の生地に、造花をそのまま貼り付けたように立体的な草花が手縫いで留められたワンピースを着て、真珠が幾重にも重なる大きなネックレスをしている。母と違って外に行く時は丹念に化粧するのは、舞台で歌っていた習慣によるものだろうか。母に比べてずっと現実味のない祖母と私は仲良しだったが、どこか今ここにある社会と切り離された夢のようなところにいると思っていた。歌の先生らしい普通より少し響くような発声が、余計に舞台装置の中にいるように感じられた。ここ二週間、駐車場ではなく玄関から仕事に行くようになり、道から振り返ると見える、朝のこの家の佇まいを気にするようになった。それから祖母に言われて、家にいる時には必ず窓の色を確かめるようになった。そうしているうちに、祖母の輪郭がはっきり見えるようになってきた。倫理の際にあるような職場でしか現実味のある音として耳に届かなかった他者の声が、どうしてかはっきり耳に届く。

「おばあちゃんも、悲しいお別れをしているんだもんね」

私はようやく押せばぐっと奥まで刺さるくらいに溶けた草色のアイス・クリームをスプーンに山盛りのせて、口に入れる寸前にそう言った。右の奥歯に冷たい抹茶の欠片があたり、傷に消毒液を垂らすように染みた。祖父は祖母と行ったスペインの教会の、階段を登り切った屋上で心不全で倒れたと聞いた。

「十も歳上のおじいさんを、私が見送るのはものすごく道理に反したことじゃないと思ったわよ。だからなんて言えばいいのかな、あなたもおばあさんになったらわかるけどさ、死とか別れってそのものが人を傷つけたりはしないんだよ」

祖母は真珠のネックレスが重かったのか、一度スプーンをカップの蓋の上に置き、両手を後ろに回して外す金具を手探りで引っ張っているようだったので、私は祖母の後ろに回り、ネジを回して外す複雑な金具を取り外した。毎日庭にいる祖母の首は赤く日に焼けて、それを毎年繰り返すからいくつか目立つ染みもある。

私は染みの二つを親指で抑えるような形で手を置き、なんとなく祖母の肩を揉んだ。子供の頃、祖母の家に遊びに行くと、当時の小学生の仕来りに従い、肩たたきをして百円のお小遣いをねだろうと祖父や祖母につきまとっていた。祖父はいつもありがとうと言って百円くれたが、祖母は私は若いから肩なんて凝ってないもんと言って、世のおばあさんに求められる振る舞いを拒否した。その代わり川の土手まで行って一緒に歌い、夏休みには暗号を解きながら家の中をぐるぐると回って最後に宝物がもらえるゲームを考案して、私や母の兄の子供たちを喜ばせた。

「傷つくっていうんじゃなくても、悲しいでしょう」

女優たちの顔や首をマッサージするのには慣れていて、凝りやすい者もいれば左右のバランスが明らかに悪い者もいるが、祖母の肩は硬く、弾力があって、もうすぐ七十代後半に差し掛かろうとしていることはにわかに信じられないほど左右のずれがない。それでもそれなりに凝りのある肩を揉み続けた。和紙のぼんぼりは低い位置にあるので目の前に立つと、その靄《もや》のかかったようなぼんやりとした光の中でいくらか視力を奪われる。

「だから、帰りの飛行機の中で窓際に座って空からスペイン見てさ、今までじいさんが絶対窓際がいいって言うから窓際に乗ったことなかったけどこれからは乗れるのかって思ったり、空港着くと寿司食べたいって言うかラーメン食べたいって言うかだったんだけど、毎回それ聞くと私も食べたくなって空港の中探して食べたな、とか、でも言われないと意外と自分が何食べたいかってわかんなかったり、あなたの成人式はママと同じで振袖嫌がってスーツ着るんじゃないかって私は言ったけどじいさんはあの子は意外と着物着るんじゃないかって言っていたのをあなたの二十歳の誕生日に思い出したり、そういう時は寂しいよ。でもそれは死が嫌なんじゃなくて残された人の日常の問題じゃない」

ハタチになる年、すでに今の仕事を始めていた私は、成人式には結局行けなかった。地元の中高に進まなかった私には、それほど会いたい人も集いたいグループもなかった。ただ、自分の成人式の数年後、地元の成人式の時に、合同の着付け会場になる場所で化粧と髪結の手伝いならしたことがある。うちの近くの塚に祀られた皇族が、殺される直前に幽閉されていた神社の、バス停を挟んで向かいにある喫茶店の娘が一つ歳上の美容師で、たまたま神社のバス停で久しぶりに会った時に頼まれたのだ。意外だなあ同じ美容の仕事しているとはね、と彼女は言った。小さい頃、あのお家に遊びに行くの緊張したもん、高そうな絵とかあって本がいっぱいあって。うちの父さんなんて、格闘技しか見ないもの。

そう言われて思い出せば、祖母に比べて大したご近所付き合いなんてしない母と二人で暮らしていた頃のこの鬱蒼とした家にも、結構な数の友人が遊びに来ていた時代があった。私がいない日は今でも祖母が近所の人を招いたり、遠くから友人がやってきたりしている形跡はある。祖母が一階の洗面所を簡素に整えているのは、客人が使うからなのかもしれないと、最近そう思う。美容師の友人とは成人式の日の午前中に目紛《めまぐる》しく化粧や髪結をして、また来年も付き合ってよ、と言われたが、結局仕事の都合がつかずにそれきり会ってもいない。ただ、その時彼女はいつでもお茶でもしようよなんて言っていたし、先週少し時間が遅めの仕事に向かうためにバスを待っていると彼女のお父さんが看板を外に出すのを見かけたので、今度喫茶店に入ってみようかと思ったのだった。

「不幸とか悪とか、大体そういうものよ。そう言われるものの核が人を傷つけたり殺したりしないのよ。ママが若い頃、マリファナはタバコより全然身体に悪影響はないんだとかさ、そう力説してくるんだけど、私だってそれくらい知ってるよーって言ってさ。それ自体が人を傷つけるわけないし、私だってマリファナなんてちっとも悪いことだと思わないけど、問題は核じゃなくて付随してくるものの方で、でも偉い人にとってはさ、核を排除するのが一番楽なわけ。死ぬことは見えないようにして、悪いものは排除して。排除されるからなおさら悪いものとか悲しいものが付着して。利口な人は神様がだめって言ったからって納得したふり。死ぬのなんて全然汚いものじゃないのに、新聞も死体の写真載せないしさ。死が悲しいなら、生き物全部、悲しい存在じゃないねえ」

母は今も外国では時折大麻を吸って喜んでいるだろうと思ったが、私はそれは言わずに、祖母の弾力のある肩を揉んだ。あんたもママも利口じゃないからねえと祖母は首を右に傾けながら語尾を伸ばす。力を入れて肩を揉むたびに、服の前後左右に張り巡らされた立体的な草花が紙のぼんぼりの下で揺れていた。ぼんぼりの柔らかい光が作る私と祖母の影は、境界線のはっきりしない、ぼんやりとした形をしている。人間全部、ではなく、生き物全部、というのが祖母らしいと思ったが、人間以外の生き物は自分が死ぬことは知らないかもしれないとも思った。

「前の夜にさ」

祖母は大きなあくびをした後に言った。

「ムール貝には白ワインでしょうって言って、赤ワイン飲みたがるおじいちゃん説得して白ワイン開けたのよね。赤ワインって心臓にいいんだよなあ」

首に近いところを揉むと服はさらに引っ張られ、草花は縦に動き出す。花は濃いピンクと薄い紫と白で、茎と葉はグリーンだが、グリーンもまた所々に茶が混ざったり黄が混ざったりして実際は花より色味が複雑にできている。窓から小さな音がして、久しぶりに少し雨が降っているようだった。私はついに肩揉みを止めて、長椅子の横に開け放しておいたままだったスーツケースから美術館でもらったチラシを二枚出し、今月の最後の週に始まるから行こうよ、と言って祖母の前に出した。鉄道駅舎を改修した美術館の主催で、ナビ・ジャポナールと呼ばれた十九世紀末の画家の名前が大きく出ている。いいねいいね、あ、十月の上野も忘れないでね、と言った祖母は、席に座り直した私の前でアイスのカップを傾けて、底に残った最後のひと掬いまでしっかり口に運んだ。祖母の温かさは、何かを押し付けないことだと思い込んできた。答えをくれない厳しさがその温もりを生み出しているのだと思っていた。私ははたして祖母に何かの答えを本気で求めたことがあったのかと自問するのは怖いことだった。

騒音から遮断された家の中は私と祖母が立てる僅かな音だけで成立しているが、扉を開けたところで、問わばや遠き世々の跡と歌われるこの辺りの夜は静かで、昼間に観光で訪れる人々が立てた音はすっかり彼らに持ち帰られている。住む者だけがひっそり負うべき重みは光についてもそうで、駅から遠ざかるほどに灯りは疎《まば》らで、この家の辺りまで来れば車のライトで照らさない限り、道の先などが見えることはない。灯りが途絶えない都会や、日付を超えて精液に塗《まみ》れる撮影現場と違い、強制的に昼が終わるこの暗い山中では、頑丈な煉瓦タイルがそれほど意味をなさないような気もするのだった。

白の上に黒の線がいくつも入り、ところどころ滲んでいる。濡れた箇所には余計に黒髪が張り付いて、目の上の赤みのある化粧と口紅は擦れて伸び、睫毛にそって瞳を黒く囲んだ化粧は耐水性のあるインクを使ったはずが多量の水を含んでついに流れ、それ自体が髪の毛とは別個の太い線を引いている。鼻の下から顎にかけてついた精液は白粉と髪の先を含んで固まり、そこには涎や鼻水がいくらか足されていてもおかしくはない。

月末は少し仕事が続き、泊まる日も多かった。月が変わって最初の休みだった一昨日には祖母と出かけ、内部でも外部でもある外壁を持つ建物の中で日本美術かぶれだったフランス人の絵を見た。祖母の感想は、かぶれるならもっとかぶれたらいいのに、というものだった。車のディーラーに寄って三十分ほど試乗し、菜食主義の変わった中年女が一人で切り盛りする店で味気ないキッシュや塩気の足りない南瓜サラダを食べた。祖母が以前歌のレッスンをつけていた、歴史を辿れば爵位のある家の娘だというその中年女は、私に対しては無愛想だったが、帰りに葡萄をくれた。そして今、私の前に戻って来たのは床に落として踏みつけた葡萄のように濡れ汚れた、北国生まれで元焼き鳥屋の、肌の白い女優なのだった。

「カット、カットだよ、さっきみたいな時は、カット」

地下の広いスタジオの脇にある化粧部屋で、端に寄せた椅子に座り、先ほどまでカメラを向けられていた肌の黒い女優が言った。緊縛や鞭打ちに限らず、拒絶と苦痛の言葉のほとんどが男の射精を促すための装飾でしかないポルノ撮影において、トラブルを避けるために女優が覚えておくべき本来的な意味での拒絶のサインを繰り返し強調している。金髪に日焼け肌の彼女は今回の作品では精液を浴びる役どころではなく、ナース服の下に光沢のある黒のボンデージ衣装をつけて、黒肌に白衣を纏った男優とともに新人の女優を陵辱する。十年以上前、有名女優を次々にSM作品に出演させて人気を得たレーベルの作品で、過呼吸気味で戻ってきた白肌の女優にとっては二本目の仕事だ。

「やめてとか無理とかだと演技だと思って続けちゃうから、カメラを止めたい時はカットね」

日焼け女優の言葉を補足して、私は北国生まれの彼女をシャワーに誘導する。天井から吊るされたロープで両手を縛られ、男優の鞭と女優の愛撫に晒されているうち、左肩が脱臼しかけたようだった。中断のサインは教えられていたものの、痛みと興奮が先だったのか、彼女は肩を不自然に前後させながら、やめて、痛い、とだけ叫んでいた。監督は満足そうだったが、あまりに逼迫《ひっぱく》した悲鳴に、最後の方になって一度カットをかけていた。女が男の誘いを最初に受け入れる時にお決まりの、最低限の抵抗を含めれば、ポルノの八割は拒絶から始まる。喜びは苦痛を経て提供されると決まっている。

「生真面目な子って損するよ、私もだけど」

熱いシャワーで全身洗うように言ってから化粧台の前に戻ると、口紅を除いてほとんど化粧が乱れていない日焼けの女優がそう言った。軽く口をゆすいだだけですでにボンデージの上にバスローブを羽織っている。彼女を化粧台の前に座らせてほとんど崩れていない肌の表面を一応ブラシで撫でつけてみた。やはり崩れていないからか、ほとんど様子は変わらない。鼻の横に僅かな汗による乱れがあるのを見つけて指で擦ると、それもすぐに滑らかに直ったし、顔つきをより鋭く見せるために高い位置で縛った髪も直す必要がなさそうだった。

「男と付き合ったって、あれやめて、これやって、ってはっきり言わない優しい子って損したりするからね。察しろって思うけど」

私は直す必要のない髪の結び目にピンを一つだけ追加で挿してそう言った。

「面接で何したいか聞かれたって、何がしたいのかなんてわかんないじゃん。欲しいものないのに服買いに行って、言われるがままに似合わない服買わされるのと同じ」

「こんなの如何ですか、ってね」

「そうそう、私もいまだに試着してベラベラ喋られたら買っちゃうもん。デビューする時は、人前で放尿だってもちろんするつもりなかったもんね、今となってはセックスより楽って思っちゃう」

喋るのに忙しい口の動きの隙間を見て、紅鉛筆で唇の縁をとる。日焼け肌に似合うのは本来であればもっと白が混ざった薄い色の紅か、茶の割合が強いものだと感じながら、役どころを考えて真紅の鉛筆を使った。シャワーの音を気にしていたが、程よく水音が乱れるので、中で人が倒れたり泣いたりはしていないのだとわかる。ドアの代わりの衝立《ついたて》をずらして緊縛の得意な四十代の男優が入ってきた。男優の使用するシャワーは上の階にあるが、北国の女優の膣に詰めた海綿を絞って入れ替える役目が彼にはある。私は目でシャワーの方に行って良いと合図して、男優も目で承諾する。

「そりゃあね、人の気持ちなんて言葉にしたって伝わらないのに、言葉にしないで察しろっていうのは贅沢だとは思うよ。でもさ、人の気持ちなんて大体が、嫌よりのイエスか、賛成から気が変わってのノーじゃない？」

紅鉛筆が離れると唇は再び饒舌に動き出した。車を失った私は仕事のある時、女優らとともに集合場所から撮影現場まで、制作会社やカメラマンの車に同乗させてもらっている。私よりも早くビル前に来ていたこの日焼け肌の女優は、免許証を忘れたと言ってマネージャーと口論していたようだった。結局、何本も仕事をこなしてきた彼女は写真のない保険証での年齢確認で許されたが、再度撮影の同意書にサインをしながらも、まだ文句を言っていた。何回会ってると思ってんの、あいつら機械かよ、と女優は毒づいた。文句を言わずにハードな撮影内容をこなし、無駄な待ち時間を作らない彼女にしては意外のように思えたが、内と外の間に真っ直ぐ頑丈な線を引き、日本家屋の縁側を削ぎ落とすような乱暴さは、彼女の気に障るようだった。性器にかけられるモザイクが孕《はら》んでいた、どちらでもないという迷いが失われれば、彼女はここにいないのだ。

仕事を始めて三年目の頃にも、比較的親しかったプロダクションの男が逮捕されたことがあった。少し前まで有名女優のマネージャーを長く務めた人だったが、その女優の華々しい引退を見届けて、新人の発掘に勤しんでいた。彼が頭の良い子がいるんだよ、と自慢げに噂していた新人はデビュー作の撮影を無事に終えた後、しばらく事務所に寝泊まりしていたが、予定のない昼間に都心のファッション・ビルで補導された。偽造された身分証では十九歳でも、実際には十四歳で、改めて聞いた本名から察するに、南の方の島の出身だった。少し前に歓楽街の日焼けサロンから出てきたその男を見かけたが、元気そうに見えたので元気なのだと思う。小さな納得は塵《ちり》のように積り、私は今も縁側にいる。

「そうだね、そもそもこの業界自体、法律的にはグレーゾーンだ。口少し開けて」

今度は紅筆にはっきりとした赤の紅をとって、鉛筆で引いた唇と肌の境界の内側を埋めていく。支配的な役柄の化粧では、面よりも線を強調する。頬に紅は乗せず、瞼の上もブレンドした色をぼかしはしない。それでも唇の内側に粘膜の境界線は存在せず、口の中とも外とも言える辺りで適当に紅をぼかしておくしかない。口を閉じれば、そのような曖昧さは見えはしないのだからいいのだろう。

化粧直しの完了の意味で、はい、と言うと、饒舌な唇は、まさにそれそれ、と再び忙しく動き出す。シャワー室で北国の女優の媚びたような笑い声が聞こえたので、涙も涎も精液も無事に流れ、海綿は血液をよく吸収し、脱臼もしていないのだと安心した。安心すると同時に小さな罪悪感が芽生えるのはいつものことだった。

「うち大学いた時、やりたい仕事とか夢とか特になかったな。別にそれって親とか大学とか関係なく。何してもいいって言われても別に何もなかったけど、何もしたくないってわけでもなかった」

次の撮影に向けたペニスバンドを装着しながら彼女はそんなことを言った。男優が濡れた手をタオルで拭きながら通り過ぎ、続いて薄い水色のバスローブを着た北国の女優は出てきた。熱いシャワーに頰が紅潮しているが、ベタベタと黒い線の走っていた肌は洗われて、元の白い肌の唇の薄い顔に戻っている。小幅で歩き、鏡の前まできた彼女は、激しく乱れた十数分前の自分の姿について何かコメントするわけでもなく、少しだけ気まずそうに下を見ている。下を見ているが、特に暗い顔をしているわけではない。顔がやや赤らんでいるせいか、単に恥ずかしがっているようにも見える。一本目の仕事に同行したわけではないが、今朝集合場所であるターミナル駅付近のビル前にやってきた彼女は、以前会った時のような薄い化粧はもうしていなかった。

「カット、だからね」

日焼け肌の女優が再び大袈裟に強調するので、北国の女優は鏡の前の椅子にちょこんと座ってから、少し笑って頷いた。乾いた状態で気の利いた濃いブラウンの髪は、洗いざらしでは漆黒のように見える。鏡の前の机上に置いた屑入れの中身を一度大きなゴミ箱に空けて、私は手を消毒して彼女の濡れ髪の分け目を整えた。ペニスバンドをつけた女優一人がイメージ場面を撮影し終える前に、つるんとすっぴんになった白い肌をさっさと塗らなければいけない。ただ、快楽の世界に迷い込んだ生真面目な女子大生という役柄の彼女に、私がやらなくてはならない工程は少ない。もともと肌もきめ細かく、血色が良い。髪に癖があるわけでもない。

濡れた髪を少しタオルで擦って水分を落とし、額の両脇をクリップ型のピンで止める。少し産毛の多い額にじんわりと汗が滲んで、その表面を素っ気無い天井の蛍光灯が照らしている。光沢を帯びた白は否応なく綺麗で、私は肌に指先をあてたい衝動に駆られた。奥のシャワー室から、一定の間隔で水滴がモルタルの床を打つ音が聞こえ、三人の口はしばし閉じていた。水滴音について、誰一人言及することはなかったが、私たち三人はその音を気にしていて、またお互いがその音に気を取られていることも知っている。

午前中の撮影は、北国の女優が水色の薄い模様が入ったシャツを着て白いスカートを穿き、スタジオの外の道で、地図を見ながら目当ての建物を探す場面から始まった。ストレスを抱えた女子大生が、教授の私立研究所に相談にやってくると、異常性欲者の教授とその助手である日焼け肌の女優が、サドマゾ的なロールプレイの真最中だった。女子大生は恐怖と戸惑いを覚えるが、後ろにある扉から逃げ出すことはしない。最初は抵抗していた主人公も、性の手解きを受けるうちに、自分の中にあるマゾヒズムを自覚し、快楽に溺れていく。最初に服を脱ぐ場面で、男優が主人公の膣に指をゆっくり挿入した直後、彼女に生理がきた。陳腐で退屈で、何度も何度も踏襲されてきた物語の中に、生身の身体が投入されることで無二の作品が生まれる。ポルノは女の現前性に強く依存する。

「今日言ってなかったけど、私、来週引退作撮るから、もう会わないから、多分。カットは覚えといてもらおうと思って」

テーブルの上に乱雑に置かれた菓子類の山から小分けの袋に入ったガミーベアを拾い、さっと開けて口に二、三粒放り込んでそう言った日焼け肌にペニスバンドの女優は、鏡の前から同時に振り返った私たちの反応を待つことなく、衝立をずらしてイメージ場面の撮影に向かって行った。オネガイシマース、と威勢の良い彼女の声が響き、助監督らがウースと応えて準備に入ったようなので、私は私で手早く保湿液を手に取って北国の女優の顔を包み込んだ。

ここでは、この世界から出ていく理由を聞くこともない。引退作を撮るような女優は大抵五分で全て喋り終わるような理由を持っているものだが、聞いたところでどうしようもないからだ。そういえば初夏に彼女に会った時、電話越しに恋人と揉めていた様子を思い出して、彼に頼み込まれたのかもしれないし、案外仲直り中に妊娠したのかもしれないとなんとなく予想した。白い肌の女優の顔は柔らかく、髪は助監督の用意した安物のシャンプーの匂いがする。ペニスバンドは痛い場合が多いから痛かったらカットね、と私も念を押す。肉体に刺激があってから、サインを思い出すまでの数秒間、彼女はきっと男が最も喜ぶ顔をするだろう。顔の火照《ほて》りがとれる前に髪をある程度乾かしておこうと思ってドライヤーの電源を入れた。

カプセルの中に入らずに、サウナのあるフロアの簡易な食事スペースで、一晩に十二件電話をかけた。最初は二本くらいの電話でことを済ますつもりだったのだが、始めてしまうと終わるまで止まらず、私にこのような大胆な勢いがあることは自分自身で意外でもあった。食事スペースとは言っても、到着した深夜二時にはすでに売店や食堂は閉まっていて、袋パンとカップ麺の自販機が一つずつ、ジュースの自販機が三台、アイスの自販機が一つだけ煌々《こうこう》と明かりを放っているだけだった。電話をかけ終わると二重線だらけになった手帳を閉じ、アイスの自販機の前に行ってしばし考えた後、ジュースの自販機で粒入りの葡萄ジュースを一つ買い、再び食事スペースの椅子に座る。カプセルで横になってもいいが、いまだ着替えてすらいない。

「私も本名はセイントが付くよ。聖なる子、でセイコ」

ペニスバンドで新人女優を犯し終えると、日焼け女優の出番は簡単なドラマ場面を残してもうほとんどなかった。私の念押しも虚しく、北国の女優は性器の激痛に耐えて一度もカットと口走ることなく再度全ての化粧を落とさなければ先の撮影に進めない顔になっていた。監督は終始上機嫌で彼女を褒め、助監督と男優も彼女を褒めた。男優のスケジュールを伝えられ、大急ぎで化粧を一から直し、白い肌に今度は日焼け女優のものと似たボンデージの衣装を着せて男優との長い場面の撮影に送り出して一息つくと、のんびりシャワーを浴びて休んでいた日焼けの彼女が、私のスーツケースに貼ってあるアルファベットを見て、名前にどんな漢字を当てるのか聞いてきた。

聖に月と書く私の名前をつけたのは家を建てたのと同じ父の叔母だった。母は響きは好きだけど漢字は微妙、と言って手紙や誕生日ケーキのプレートでは片仮名やアルファベットで表記することが多かった。祖母には昔はミッちゃんと呼ばれていたが、最近はあまり名を呼ばれなくなった。特別嫌いなわけでもないが、なんとなく昔から自分のものという気がしない。高校時代、試験のたびに張り出された名前を見ても、誰かにおめでとうと言われるまで、自分の名前が自分を指し示していると思えなかった。特に苗字から切り離されたギヴン・ネームは、それが漢字だろうが片仮名だろうが他人事のようで、無機質な名詞のようでもあった。名前を聞かれても苗字で名乗ることが多かったし、仕事現場でも常に苗字で呼ばれている。スーツケースに自分で貼ったアルファベットも、女優に指摘されるまではブランドロゴや模様のように思えていた。

「美しい月、かなと思ったけど。でも綺麗な名前。セイコよりはいいよ」

日焼け肌がまた自分の名前を言って笑った。古風でしょう、と彼女自身が言ったように、末尾に子のつく伝統的な名前は、いかにも現代風な女優名とは齟齬《そご》があり、また黒肌に派手な装いの姿にもどこか似つかわしくない気がしたが、彼女はもうすぐ、女優名で呼ばれることがなくなる。

「子宮頸がん」

私が化粧筆を洗い、彼女が電子タバコを吸うだけの、静かな数分の後、彼女は五秒もかけずに引退の理由を言った。他人の女性器に偽物のペニスを挿入することはできても、自分の女性器はもう使えないのだと言う。カメラが回ったようなので、私は水道を止めて余計な物音を立てないように気を使いながら、簡易なソファに座る彼女と向き合う形で、先ほどまで北国の女優が座っていた鏡台の前の椅子に跨《また》がるようにして後ろ向きに座った。

「引退なんて急だったから、彼氏と何かあったかなぁと思ったけど」

私がそういうと怪訝な顔をして電子タバコのフィルターを抜き取り、しばし考えるようなそぶりを見せてから、彼女はああと声を上げてから笑った。ところどころ布が薄くなり、コイルが見えているようなソファは彼女が動くたびに軋んだ音が鳴る。大袈裟に手振りをつけて笑うので、笑い声に軋む音が混ざっていた。

「そういえば前回会った時って、なんか不動産屋の男に文句つけられてたわ、思い出した思い出した。あんなの、確かあの日の夜に別れたよ」

そうだったんだね、と私は言った。それほど意外でもなかった。衝立の向こうの、一つ部屋を隔てた奥のスタジオで、男優が威嚇のためにバラ鞭を壁に叩きつける音がした。この撮影で、女優の身体を鞭で引き裂くような演出はほとんどない。でも今の北国の女優にとっては、バラ鞭で尻を叩かれるのと、膣に指を入れられるのとどちらがより具体的な痛みを齎《もたら》すのか、私にはわからない。苦痛と快楽を同時に望む女の声が、言葉が聞き取れない音量で時々聞こえる。倫理とその外をたゆたう彼女たちはそういう時、最も艶のある声を出す。

「なんかさぁ、レズのビデオって楽だなって思って一時期選びまくってたけど、レズってコンドームないのにマンコとマンコ擦り合わせたりするじゃん、ああいうの、よくなかったのかも」

カメラが回る部屋に届かない、静かな声で私たちは話していた。先ほど彼女が開けたガミーベアの袋からこぼれた熊型のグミキャンディーが一粒テーブルの上に落ちていて、彼女はそれを無視して別の袋菓子をいくつか手に取ってはテーブルに戻し、最終的にチョコレートが片側に嵌《は》め込まれたクッキーの大袋を開け、一枚取り出して私に渡してくれた。自分用には二枚取り出す。

「あとは、休憩の時ふざけてマンコでタバコ吸ったりしてたから。調子乗ってそういうことばっかしてんのよくないよね。セイントな子なのに罰当たりなことばっかしてたからかもしれない。マンコの神様に見捨てられたんだよ」

クッキーを二枚連続でばりばり食べながら彼女は話していた。一度シャワーを浴びてバスローブに着替えているが、はだけたバスローブの下には下着をつけていて、陰毛が見えることはなかった。でも辞めるタイミングってよくわかんないから、とも言い、他の仕事したくないなあ、とも言った。私は、大学出ててよかったかもよ、とあまり役に立たないことを口にして、クッキーを半分だけ齧り、しばらく休んだり実家帰るのもいいよね、とまた役に立たないことを言った。聖書では、取税人や遊女は先に神の国に入ることになっている、と言いたかったけど、普通より先に死ぬと言っているようにも聞こえる気がして言わなかった。シャワーの蛇口の締めが甘いのか、ずっと水滴音が続いている。

「引退作、自分で決めたわ。マンコが使えないのもあるけど、金蹴り。思いっきりタマ蹴っ飛ばして引退すんの、私っぽいでしょ」

私は残りのクッキーを頬張った状態で笑い、クッキーの欠片を吹き出しそうになって思わず口に手を当てた。鏡台の上にある水を飲もうと、上半身だけ後ろを振り返ると、手前に大量の化粧品が並んだ鏡には大きく自分の顔が映り、その後ろに日に焼けた肌に金髪の女優が小さく映った。長い間、女優の後ろから鏡を覗き込んできたので、いつもと逆の構図が物めずらしく、そのまま鏡に向かって水を飲んだ。鏡越し、自分の後ろに見える女優は今度は塩辛い菓子が欲しくなったのか、またテーブルの上を物色している。カラフルな菓子の袋が女優の手の先で振り分けられていく。

「ねえ、来週の金曜、仕事空いてないよね、メイクさん指名なんてしたことないけどさ、そんなことできるのアイドル女優だけだろうけど、引退作だったらさせてもらえるかな、もう決まってたらその人には悪いけどさ。私最後ミヅキさんにして欲しいな、ミヅキさんのメイク好き」

今まで苗字でしか呼ばれていなかった私は、二回も下の名前で呼ばれて、大丈夫だよ、と言った。ほんと？　と言う彼女に、スーツケースの上にある手帳を手に取り、スケジュールを確認するふりをして、もう一度大丈夫だよ、と言った。それ以外の返答が思いつかなかった。

何度も化粧を一からやり直すことになった撮影は、予想通り電車のない時刻に終わった。後半数時間はほとんど出番のなかった本名をセイコという女優は何も文句を言わず、実際何の文句もないように見えた。助監督が早朝から買い出しに行っても、誰にも手をつけられないことの多い菓子類は、深夜引き上げる頃には半分までに減っていた。コンクリートが打ち放しになった一番大きい部屋で、北国の女優は幾度も麻縄で縛られ、喉の奥に男優のペニスを突っ込まれ、私は時折カメラが止まるたびに、何か化粧や髪型を直す必要があるかどうか確認するためにその部屋に入っては特に何もせず、日焼け女優が菓子を摘む部屋に戻って座っていた。新人女優の髪は見るたびに乱れ、目尻の化粧は流れ落ち、口紅はそのほぼ全てが男優の股間に吸収されていたが、崩れるべくして崩れたに過ぎなかった。人手が足りないのか、彼女たちのプロダクションの人間は朝に少し顔を出した若い男が帰った後、赤ら顔の社長や女性マネージャー含めて誰も様子を見にくることはなかった。

全ての撮影が終わると女優たち二人は、それぞれ別個の表情を作って制作会社の助監督が運転する車に乗り込み、日焼け肌のセイコはじゃあねと大きく手を振り、北国の女優は窓の外からでもわかるように極端に頭を下げてお辞儀をして、早々に現場を後にした。スチール・カメラマンの好意で車に乗せてもらうことになった私は都心部までの道のりを、そのカメラマンの子供の受験事情を聞きながら、さして面白くない暗い景色が流れていくのを見て過ごした。郊外の下道はすでに空いていて、すれ違うのはタクシーと業者のトラックばかりだった。

カメラマンが気を使って集合場所とは別の、鉄道発祥の地と呼ばれる都心部の駅で降ろしてくれたので、何度も利用しているカプセル・ホテル付きのサウナには歩いてすぐ到着した。いくつかのカプセル・ホテルを経験した結果、このサウナのカプセルが最も独立性が高いと感じていた。不可侵なカプセルがびっしりと一つの大きな部屋に並んでいる。布団一枚敷けるだけのカプセルには透明な蓋がついていて、枕元に鍵付きの物入れがある。いくらか追加で金を払えばテレビと小さな机がついた、ひと回り大きなカプセルを占有することもできた。私はスーツケースをカプセルの外のロッカーに入れて、いつも一番小さなカプセルの中で好き放題の格好で眠った。カプセルの中に誰が入ろうと、何をしようと、周囲のカプセルはその影響を受けない。ただただ一つの大部屋の中に共存することだけが義務付けられる。

受付でカプセルを予約したものの、静まり返った大部屋に入るつもりはほとんどなかった。来週の金曜の予定は空いてはいなかった。都心から二時間以上離れた場所で、テレビにも出演する人気女優の写真撮影の現場が入っていた。その女優のビデオ撮影も来週の別の日に予定されていた。女優に指名されたわけではないが、長く世話になった大手メーカーのプロデューサーから、一月以上前に頼まれた仕事だった。前回雑誌撮影の場で会った時に、仕事を夕方に終わらせて、生牡蠣をご馳走してくれた、若者の好むブランドをいまだに身につけている中年だ。

サウナの食事スペースについてから、すぐに電話をかけて、特に理由も代役も言わずに仕事を断った。体調不良などで予定変更をしたことがないわけではないが、いつでも他の同業者に代わりを頼んでからキャンセルしていた。初めてそのような代案を出さずに断ったので、電話相手は最初は不思議そうに、途中からは怒りを露わに食い下がって、面倒なのでその相手が関わる他の仕事三つもついでに全て止めると言って強引に電話を切った。掛け直されたら出ないつもりだったが、向こうから電話がかかってくることはなかった。勢いづいて、手帳を見ながら入っている仕事の予定を一つずつ、電話をかけてキャンセルしていった。同じ担当者の仕事はいくつも同時に断ることができたが、それでも十件以上の電話をかけて、掃除の業者が前を通り、じっくり時間をかけてトイレを掃除して、再び前を通って階段のほうへ戻って行ってもまだ電話をかけ続けた。午前四時過ぎに、手帳は二重線だらけになって、来週金曜の仕事と、月末に祖母と上野にいく以外の予定は何もなくなっていた。

深夜とも早朝とも言える時間に差し掛かっても、電話に出ない関係者は一人もいなかった。少なくとも電話が留守番電話に切り替わるまで鳴らし、さらに二度目にかけ続ければ相手は電話に出た。再び新人の化粧を頼まれていた、不倫中のプロダクション社長も電話に出た。飲み屋にいるようだった。いまだそれぞれが日付と日付の狭間を漂っているようだった。

葡萄ジュースを飲み終えると、私はロッカーに入れたスーツケースを取り出し、その中の化粧道具を二、三出して、ロッカールームにある鏡の前で少し化粧を直した。流石《さすが》に目の下がやや窪んでいるものの、思ったより崩れてはいない。暑さが和らいで、スーツケースを引っ張って歩いてもそれほど汗をかかない季節になっていた。ゆっくり歩けば始発が動き出す頃だし、始発に乗れば祖母が起きる時間には駅に着く。駅で何か買って朝ごはんを一緒に食べればいいと思った。まだほとんど人気のない廊下を歩いてエレベータに乗り、身体の表面と内部がずれるような感覚を味わってから受付階に寄って精算して外へ出た。

五時前の繁華街は所々に未だ夜の続きにいる人が、また所々にすでに朝を迎えた人がいて、前日とも翌日とも言えない空間だった。いつも客引きをしているマッサージ屋の女性がすでに労働意欲のない表情で太極拳の動きをしていて、コンビニの前に大きなトラックが止まり、電信柱の下にハクビシンが動いていた。夜の間に雨が降ったようで地面が濡れていたが、おかげで空気が少し澄んでいるように思えた。スーツケースが重く、捨ててしまおうかという考えが一瞬過《よ》ぎったが、来週の金曜には仕事が入っている。仕方なく引っこ抜けそうな腕で引っ張って歩いた。

電車に乗るようになってから、駅と駅、町と町が切断されているような感覚が消えた。私の住む家と、長く通った仕事のスタジオはいくつもの駅と駅を隔てているものの、車窓から見る限り、そのような隔たりはせいぜい川くらいのもので、川にしてもいくつもの橋が渡されている。全て連続していて、一つの町の始まりも終わりも曖昧なものでしかなかった。始発の下り列車は思惑通りガラガラで、スーツケースを詫びることなく、私はゆったりと二人分の座席を占領して、窓の外で滑らかに続いていく町を見ていた。気付けば次の駅、また気付けば別の行政区に吸い込まれていくのだった。

いつ眠りに落ちたのかよくわからないが、生まれて初めて電車で乗り過ごし、終点から三十分近く戻らなければいけなかった。上りの電車もまだ空いてはいたが、それなりに人の乗降はあり、私は邪魔にならないトイレの前にスーツケースを立てて、近くに立っていた。首周りがだるく、肩がこわばっていたが、しばらく車両の端に寄りかかっていると身体は目覚めて、降りるべき駅に着くと夜の続きはいつの間にか終わり、しっかりとした朝になっていた。十分起きている時間と思って家に電話をかける。雨が降ったのなら水やりもなく、庭に出ていることもないだろうと思ったが、電話は呼び出し音だけを虚しく跳ね返してきた。改札の近くでは、正当な方向に歩いてくる人々の邪魔になると思って、切符売り場と逆方向にずれて二度目をかけたが、やはり応答はない。

私は歩こうと思った道のりをバスに乗り、神社の境内の砂利の中をスーツケースをガタガタといわせながら歩いて、塚の前を通って家に帰った。下りのバスは空いていたが、終点で降りるとバス停には学生服の者が数人と、背広姿の男や地味な装いの若い女性たちが並んでいた。私を降ろしたバスが神社から遠ざかっていくのを見ると、立っている乗客すらいるようだった。

濡れたせいかいつもより少し濃い色の塚の階段を見上げながら、その手前を左に折れて、急な坂に差し掛かると私の暮らす家の赤い煉瓦が見える。秋晴れの光に揺れる、まだ緑色の葉とは対照的に、少しもずれることなく規則正しい煉瓦タイルは、エクステリアとインテリアをはっきり区別し、木々と家とを対立させるように見える。私はスーツケースを持ったまましばし立って家を眺め、自分の空腹に気づいた。門を入り、一段高くなっている大理石の玄関先にスーツケースを乗せてから、家の周囲を歩いて雨戸を開けて回った。台所の前に立ち、祖母の部屋の雨戸を開け、庭の方に回って応接間の雨戸も開けた。

いくつかの雨戸の上には水が溜まっていて、私は衣服の袖ごと水に濡れたが、温暖な気候にむしろそれは心地よかった。あえて乱暴に雨戸を開き、今度は脳天から水を浴びた。濡れた前髪が土と鉄が混ざったような匂いになって額から鼻の横に張り付く。家を建てた婦人は建築家にできるだけ窓枠いっぱいに山の緑だけが距離感なく納まっていることを条件としたらしいのだった。祖母のデート中に改めて数えながら見て回った窓枠はおおむね緑で埋め尽くされるが、そこを猫が通り、緑は赤くなり、何よりギリギリまで角度をつけて斜めからみると、コンクリートや他所の家が色々と見えるのを私は知っている。

庭にも、台所や祖母の部屋にも人影がないので、不審に思って玄関扉を開けると、私が雨戸を開けたそれぞれの窓から、降り注ぐほどでもない光が滲み出て、しかしその光は外のものとも内のものとも言えない曖昧さによって、本棚に並ぶ紙の束も、それに寄りかかる奇妙な人形も、しっかりと暗闇から掬い上げている。スーツケースを土間に置いたまま赤い絨毯に乗り、玄関扉の方を振り返って、二十年以上前に取り外した十字架の痕を見上げた。アーチ型の玄関扉は、分厚い曇りガラスの二十枚の台形型の窓によってその外周を囲まれている。そこから入ってくる、窓よりさらに曖昧な光が式台の大理石に当たって、フィルムのパーフォレーションのような模様を作っている。壁の痕以外にも多様な図形があることを、幼かった私は今よりずっとよく知っていた気がする。一階と二階の、玄関と部屋の、階段と平地の境目を繋ぐ赤い絨毯を一歩ずつ踏みしめながら、私は家の奥へ進んだ。

ダイニング・テーブルに腰を下ろすと机上のコーヒーカップが目に入り、それと同時に滅多に鳴ることのない固定電話が煩《うるさ》く鳴った。祖母かと思えば母からの国際電話だった。聞けば父のビザの関係で来月に一度帰ってくる予定が、知人の病状が悪いから早く会いたいという母と、英国で親しくなった東洋人のバンドライブにゲスト出演したい父の都合が決裂し、来週から母だけがしばらく日本で暮らすと言う。

「あら、仕事辞めるの？　この間の電話では、そんなこと言ってなかったじゃない」

レンタカーで空港に迎えに行こうか、という話の延長で来週以降の予定について話すと、母は意外、という声を出してから、まあそうでしょうねと得意げに、少し癪《しやく》に障ることを言った。

「あと一回行くけど。金玉を蹴り上げるビデオの撮影に」

母は痛そうと言った後、少し間を置いて、何か嫌になることがあったのか、と無邪気な好奇心と無理のある母性でしつこく聞いてきた。ダイニング・テーブルの正面、長椅子などの向こうにある緑の前をシジュウカラが高速で横切る。谷川からは雨上がりにふさわしい景気の良い流水音が流れてきた。二重線だらけになった手帳の日付を思い浮かべ、曜日を思い出すと、祖母は海岸のゴミ拾いへ出掛けているのだと気づいた。ゴミ拾いとは名ばかりのその会合は、性欲と善意を両手に持った老人たちが、海岸を歩いて外で朝食をとる。

「いや、また気が向いたらいつでもやるよ」

ふうんと言っている母の電話を適当な挨拶だけで切って、私は空腹と眠気のどちらを優先するか、椅子に座ったまま考えていた。

解説　捉えがたい「私の身体」をめぐって

水上文

私の身体は私のもの――しかし、本当にそうだろうか？
私の身体が私のものだ、ということは、ごく一般的な事実のようである。身体は他者と自らを隔てる境界線にほかならず、他者が感じている痛みを、共感こそ可能であれ、文字通り自らの痛みとして感じ、真に理解することはできないのだから。

この文言はまた、社会制度に対する批判を含意したスローガンでもある。女性や障害者、性的マイノリティなど、自らの身体に関する自己決定権――中絶の権利や子どもを産み育てる権利、異性愛や性別二元論といった規範から逸脱した性を生きる権利――を奪われている／いた人は、現に多く存在している。だからもある。

「私の身体は私のもの」という文言は、人々の選択肢を奪う社会に抗するものでけれども、事実や社会批判といった枠組みからこぼれ落ちるものもあるのではないか。客観的事実や政治的主張のみでは捉えがたいもの、個人の抱える明瞭な言葉では表現しがたい苦悩が、「私の身体」には存在するのではないか。たとえば「私の身体」を生み出した当の存在、すなわち母との関係において生じる出来事は、より複雑であり得るのではないか。かくも複雑で語り難い「私の身体」を、どのように語ればいいだろう?

鈴木涼美による小説作品「ギフテッド」「グレイスレス」が試みるのはそれである。芥川賞候補作になったこれらの作品は、まさに捉えがたいものを捉えようとしていたのだ。

ギフテッド/母娘の分け難さ

「ギフテッド」は、母と娘の物語であり、同時に「私の身体」をめぐる困難の物語である。歓楽街で働き暮らす女性と、死期の迫ったその母親を描き出す本作において、主人公である娘は言っていた。かつて娘は自らの身体を母のものであるかのように感じていた、「私の身体は全て彼女ひとりのものだった」（19ページ）のだと。

母娘の分け難い境界を物語るのは、火傷《やけど》をめぐる出来事である。かつて母は、主人公の肌を焼いたのだ。それが、主人公が母に禁じられていた父に連絡を取ったためか、別の理由か、もしくは何の理由もないのか、定かではない。母自身も、自分が何をしたのか理解できていないようであった。だが母は確かに、主人公にタバコを押し付け、さらにライターの火で肌を焼いた。主人公の叫ぶ声に驚いた顔をしていた母は、主人公の痛みが自分のものではないこと、異なる身体を持っていることに驚いたのかもしれなかった。

肌を焼く行為に象徴されるのは、それほどまでに癒着した母娘関係、そしてその癒着から身を引き剝《は》がすことの困難と暴力性であり、容易には語り得ない複雑さを孕んだ母娘における「私の身体」のありようである。私の身体は母のもの。小説は、そのような実感を抱いて生きていた主人公が作り上げた自身の人生、母との隔たりを描き出す。

火傷の跡に刺青を入れた主人公の、現在に至るまでの軌跡は、母の価値観において貶《おとし》められる「女性」になることだったとも言える。というのも、現在は歓楽街で働く主人公と、母はずいぶん違っていたのだ。母が性を売る女性を、買う男を軽蔑していた一方で、主人公は金銭を介してセックスすることもあった。彼女は自分が、同じ行為をしている人々と特段変わるところはなく、まとめて「世の中的には低い価値」（27ページ）しかないとみなされることを認識し、さらにその事実に不満を持たない人々と意気投合すらしていた。

母への論評は言葉少なだが、理想と現実の乖離《かいり》を直視せず、特権意識を拭《ぬぐ》い去れない母の姿を、小説は明らかになっていく事実を積み重ねることで、淡々と描き出していた。美しい姿形を持っていた母は、いくつかの詩集を出版したものの、彼女が望んでいたような成功を収めることはなかった。小さな語学教室で教え、詩を書き、それで経済的に自立できているのだと主人公には言っていたが、実は過去に働いていた店の客の裕福な男から、援助を受けていた。それも母自身が語ったのではなく、病室を訪れた男が主人公に明かした事実だった。男の話によれば、母を「白くて、しなやかで、いかにも男が好きな身体の形」(58ページ)と娘に向かって形容する男の前で、母は「身体に具体的な値段をつけられる」(68ページ)ことを恐れて泣いたこともあったのだという。病んだ母はかつての美しい姿を失い、また母の矛盾と虚偽も明らかになった。すなわち母を特徴づけていたあらゆるもの——美貌とプライド——は剝がれた。それはある意味で、母の価値観から距離を取り、彼女が最も望まない類いの女性の生き方を選んだ娘が、母との隔たりを再考する機会でもあったかもしれない。

肌を焼いた動機は明らかにならず、母から謝罪を引き出せたわけでもないが、死にゆく母とのやり取りのなかで、確かに変わっていくものがある。そして母の死は、火傷の跡を、母のものであったような自らの身体を思い起こさせる何よりの証を、象徴的に消し去るものだった。ついに身体は分離された、のかもしれない。小説は明確な解答や解説を避け、むしろ与えないことによって、母娘の他ならない複雑さを掬《すく》い取っていたのだった。

グレイスレス／沈黙と饒舌《じょうぜつ》

そして「グレイスレス」もまた、単純化し得ない複雑さをそのままに差し出す小説だ。

ポルノ業界で働く女性たちに化粧を施す仕事をしている女性を主人公とする本作において際立つのは、建築物の描写である。主人公の母が玄関扉の真上の壁に飾られた十字架を取り外した、幼い日の思い出を想起するところから幕を開けるこの物語では、父から貰い受けたという家の佇《たたず》まい、父の叔母が建てたというその家の来歴が、まず語られていた。かつては主人公とその母がふたりで暮らし、母が海外へ移住した後には祖母と共に暮らすようになったこの家について、小説は執拗に語っている。最も身近ながら現実味のある他者として祖母と母を捉えることのできない主人公の、彼女たちとの間にある隔たりを指し示すかのように、小説は「家」という建物の輪郭をなぞっていた。あたかも、建物の輪郭の方が自らの身体の輪郭よりも容易になぞれるかのように。

というのも、祖母も母も、奇妙に浮世離れしているのである。彼女と共に暮らす祖母は、何をしても意見するより、ただ祝福するばかりの人である。オペラ歌手を名乗り、ひとり庭で歌いながら踊る彼女は、まるで現実社会と切り離された夢のような場所で生きているかのようである。また海外にいるため共に暮らしていない母は、時に主人公に長文メールを送ってくるのだが、娘に既存の価値観を疑うよう説く彼女は自由奔放で、とても典型的な「母親」像とは一致しない。だが、主人公はまた、彼女達について思うところをさほど語ろうともしない。だが、職場で出会うポルノ女優たちについては、ひどく饒舌に語るのだ。

たとえば彼女は、仕事でその顔に触れるうちに「彼女たちの愚かしく美しい顔を、より美しく整えて、より愚かに壊してみたいという執着」（135ページ）が手先に育まれていったという。「彼女たちにもっと触れたいという欲望」と「彼女たちを立ち直ることが困難なほど否定してみたいという欲望」のどちらもが込み上げたのだと（135ページ）。

それは母や祖母への沈黙とは対照的な、あまりに強い執着であり、雄弁すぎる屈託だ。主人公は、彼女達の職業について、明白な否定ではなくさりげなく遠ざけるかのような言動をする男たちに失望し、いっそ完膚《かんぷ》なきまでに否定すればいいのにと考えていた。それは社会の外側にいるかのように振る舞い、ただ「祝福」ばかりを与える祖母や母への失望でもあったかもしれない。あるいは、本当に壊してみたかった相手は誰だろう?

その答えは明確には与えられない。小説は主人公の屈託を取り除かない。語り得ない祖母と母への言葉を、越えがたいその隔たりを埋めるように、主人公はただ女優達の顔に触れ、化粧を施し、秘めた屈託と欲望を語る。そして彼女は、女優の後ろから覗き込むのではなく、鏡に映る自らを正面から見据えて、再び母も暮らすこととなった「家」に帰っていく。祖母と母、そして主人公の身体を分け隔てるというよりは、すべて収容せしめる「家」に。それは容易く語り得ない「私の身体」の輪郭を、まさに象徴するかのようだったのだ。

(みずかみ・あや/文筆家)

初出誌「文學界」
ギフテッド　二〇二二年六月号
グレイスレス　二〇二二年十一月号

本書は文藝春秋より刊行された『ギフテッド』（二〇二二年七月刊）と『グレイスレス』（二〇二三年一月刊）を合本して文庫としたものです。

DTP制作　ローヤル企画

文春文庫

ギフテッド／グレイスレス

定価はカバーに
表示してあります

2025年4月10日　第1刷

著　者　鈴《すず》木《き》涼《すず》美《み》
発行者　大沼貴之
発行所　株式会社　文藝春秋

東京都千代田区紀尾井町 3-23　〒102-8008
TEL　03・3265・1211(代)
文藝春秋ホームページ　https://www.bunshun.co.jp

落丁、乱丁本は、お手数ですが小社製作部宛お送り下さい。送料小社負担でお取替致します。

印刷製本・大日本印刷

Printed in Japan
ISBN978-4-16-792354-9

（　）内は解説者。品切の節はご容赦下さい。

江國香織
赤い長靴
二人なのに一人ぼっち。江國マジックが描き尽くす結婚という不思議な風景。何かが起こる予感をはらみつつ、怖いほど美しい十四の物語が展開する。絶品の連作短篇小説集。（青木淳悟）
え-10-1

小川洋子
妊娠カレンダー
姉が出産する病院は、神秘的な器具に満ちた不思議の国……妊娠をきっかけにゆらぐ現実を描く芥川賞受賞作。『妊娠カレンダー』『ドミトリイ』『夕暮れの給食室と雨のプール』。（松村栄子）
お-17-1

小川洋子
やさしい訴え
夫から逃れ、山あいの別荘に隠れ住む「わたし」とチェンバロ作りの男、その女弟子。心地よく、ときに残酷な三人の物語の行き着く先は？　揺らぐ心を描いた傑作小説。（青柳いづみこ）
お-17-2

小川洋子
猫を抱いて象と泳ぐ
伝説のチェスプレーヤー、リトル・アリョーヒン。彼はいつしか「盤下の詩人」として奇跡のように美しい棋譜を生み出す。静謐にして愛おしい、宝物のような傑作長篇小説。（山﨑　努）
お-17-3

奥田英朗
無理（上下）
壊れかけた地方都市・ゆめのに暮らす訳アリの五人。それぞれの人生がひょんなことから交錯し、猛スピードで崩壊してゆく様を描いた傑作群像劇。一気読み必至の話題作！

お-38-5

大宮エリー
思いを伝えるということ
つらさ、切なさ、何かを乗り越えようとする強い気もち、誰かのことを大切に想う励まし……エリーが本当に思っていることを赤裸々に、自身も驚くほど勇敢に書き記した、詩と短篇集。

お-51-3

荻原　浩
ひまわり事件
幼稚園児と老人がタッグを組んで、闘う相手は？　隣接する老人ホーム「ひまわり苑」と「ひまわり幼稚園」の交流を大人の事情が邪魔するが。勇気あふれる熱血幼老物語！（西上心太）
お-56-2

（　）内は解説者。品切の節はご容赦下さい。

尾崎世界観
祐介・字慰
クリープハイプ尾崎世界観、慟哭の初小説！　売れないバンドマンが恋をしたのはピンサロ嬢——。「尾崎祐介」が「尾崎世界観」になるまで。書下ろし短篇「字慰」を収録。（村田沙耶香）
お-76-1

開高　健
ロマネ・コンティ・一九三五年
六つの短篇小説
酒、食、阿片、釣魚などをテーマに、その豊饒から悲惨までを描きつくした名短篇集は、作家の没後20年を超えて、なお輝きを失わない。川端康成文学賞受賞の「玉、砕ける」他全6篇。（高橋英夫）
か-1-12

川上弘美
真鶴
12年前に夫の礼は、「真鶴」という言葉を日記に残し失踪した。京は母親、一人娘と暮らしを営む。不在の夫に思いを馳せつつ恋人と逢瀬を重ねる京は、東京と真鶴の間を往還する。（三浦雅士）
か-21-6

川上弘美
水声
亡くなったママが夢に現れるようになったのは、都が弟の陵と暮らしはじめてからだった——。愛と人生の最も謎めいた部分に迫る静謐な長編。読売文学賞受賞作。（江國香織）
か-21-8

角田光代
空中庭園
京橋家のモットーは「何ごともつつみかくさず」……普通の家族の表と裏、光と影を描いた連作家族小説。第三回婦人公論文芸賞受賞、小泉今日子主演で映画化された話題作。（石田衣良）
か-32-3

角田光代
対岸の彼女
女社長の葵と、専業主婦の小夜子。二人の出会いと友情は、些細なことから亀裂を生じていくが……。孤独から希望へ、感動の傑作長篇。直木賞受賞作。（森　絵都）
か-32-5

門井慶喜
東京、はじまる
下級武士ながら学問に励み洋行、列強諸国と日本の差に焦り、恩師コンドルから仕事を横取り！　日銀、東京駅など近代日本の顔を作り続けた建築家・辰野金吾の熱い生涯。（吉田大助）
か-48-8

（　）内は解説者。品切の節はご容赦下さい。

川上未映子
乳《ちち》と卵《らん》
娘の緑子を連れて大阪から上京した姉の巻子は、豊胸手術を受けることに取り憑かれている。二人を東京に迎えた「私」の狂おしい三日間を、比類のない痛快な日本語で描いた芥川賞受賞作。

か-51-1

川上未映子
夏物語
パートナーなしの妊娠、出産を目指す小説家の夏子。生命の意味をめぐる真摯な問いを、切ない詩情と泣き笑いの極上の筆致で描く、エネルギーに満ちた傑作。世界中で大絶賛の物語。

か-51-5

川村元気
四月になれば彼女は
精神科医・藤代に〝天空の鏡〟ウユニ湖から大学時代の恋人の手紙が届いた——失った恋に翻弄される十二か月がはじまる。恋愛なき時代に挑んだ「異形の恋愛小説」。（あさのあつこ）
か-75-3

川村元気
百花
「あなたは誰？」。息子を忘れていく母と、母との思い出を蘇らせていく息子。ふたりには、忘れることのできない〝事件〟があった。記憶という謎《ミステリー》に挑む傑作。（中島京子）
か-75-5

伽古屋圭市
クロワッサン学習塾
小学校の教員を辞め、小学4年生の息子と実家に戻った黒羽三吾。父が営むパン屋で働きはじめるが、店でみかける少女が気にかかっていた。彼にはかつての教え子への後悔もあって……。

か-84-1

菊池　寛
マスク
スペイン風邪をめぐる小説集
スペイン風邪が猛威をふるった100年前。菊池寛はうがいやマスクで感染予防を徹底。パンデミック下での実体験をもとに描かれた「マスク」ほか8篇、傑作小説集。（辻　仁成）
き-4-7

桐野夏生
夜の谷を行く
連合赤軍事件の山岳ベースで行われた仲間内でのリンチから脱走した西田啓子。服役後、人目を忍んで暮らしていたが、ある日突然、忘れていた過去が立ちはだかる。（大谷恭子）
き-19-21

（　）内は解説者。品切の節はご容赦下さい。

木内　昇《のぼり》
茗荷谷の猫
茗荷谷の家で絵を描きあぐねる主婦。染井吉野を造った植木職人。画期的な黒焼を生み出さんとする若者。幕末から昭和にかけ各々の生を燃焼させた人々の痕跡を掬う名篇9作。（春日武彦）
き-33-1

車谷長吉
赤目四十八瀧心中未遂
「私」はアパートの一室でモツを串に刺し続けた。女の背中一面には迦陵頻伽の刺青があった。ある日、女は私の部屋の戸を開けた——。情念を描き切る話題の直木賞受賞作。（川本三郎）
く-19-1

窪　美澄
さよなら、ニルヴァーナ
少年犯罪の加害者、被害者の母、加害者を崇拝する少女、その運命の環の外に立つ女性作家……各々の人生が交錯した時、何を思い、何を見つけたのか。著者渾身の長編小説！（佐藤　優）
く-39-1

久坂部　羊
善医の罪
延命治療の中止を決意し、患者を尊厳死に導いた女医・白石ルネ。しかし三年後、ルネは積極的に安楽死させたと告発され、逮捕、起訴される。圧倒的リアリティの医療×法廷サスペンス！
く-43-1

小池真理子
沈黙のひと
生き別れだった父が亡くなった。遺された日記には、父の心の叫び——娘への愛、後妻家族との相克、そして秘めたる恋が綴られていた。吉川英治文学賞受賞の傑作長編。（持田叙子）
こ-29-8

小手鞠るい
瞳のなかの幸福
恋愛も結婚も封印し、ひとりで一生生きていくため、理想の家を買った矢先、金色の目をした「小さくて温かいもの」が現れ……。「幸せ」の意味を問い直す、傑作長編。（長岡弘樹）
こ-43-3

佐木隆三
復讐するは我にあり
改訂新版
列島を縦断しながら殺人や詐欺を重ね、高度成長に沸く日本を震撼させた稀代の知能犯・榎津巌。その逃避行と死刑執行までを描いた直木賞受賞作の、三十数年ぶりの改訂新版。（秋山　駿）
さ-4-17